बेस्ट सेलर पुस्तक 'विचार नियम' के रचयिता
सरश्री

समर्पण का अद्‌भुत राजमार्ग

पूर्ण त्याग और अर्पण शक्ति का जादू

अपने आप परोसा, ईश्वर पर भरोसा : समर्पण सूत्र

समर्पण का अद्भुत राजमार्ग
पूर्ण त्याग और अर्पण शक्ति का जादू

by **Sirshree** Tejparkhi

प्रथम आवृत्ति : अप्रैल २०१८

प्रकाशक : वॉव पब्लिशिंग्ज् प्रा. लि., पुणे

© Tejgyan Global Foundation

All Rights Reserved 2018.

Tejgyan Global Foundation is a charitable organization
with its headquarters in Pune, India.

© सर्वाधिकार सुरक्षित

वॉव पब्लिशिंग्ज् प्रा. लि. द्वारा प्रकाशित यह पुस्तक इस शर्त पर विक्रय की जा रही है कि प्रकाशक की लिखित पूर्वानुमति के बिना इसे व्यावसायिक अथवा अन्य किसी भी रूप में उपयोग नहीं किया जा सकता। इसे पुनः प्रकाशित कर बेचा या किराए पर नहीं दिया जा सकता तथा जिल्दबंद या खुले किसी भी अन्य रूप में पाठकों के मध्य इसका परिचालन नहीं किया जा सकता। ये सभी शर्तें पुस्तक के खरीददार पर भी लागू होंगी। इस संदर्भ में सभी प्रकाशनाधिकार सुरक्षित हैं। इस पुस्तक का आंशिक रूप में पुनः प्रकाशन या पुनः प्रकाशनार्थ अपने रिकॉर्ड में सुरक्षित रखने, इसे पुनः प्रस्तुत करने की प्रति अपनाने, इसका अनूदित रूप तैयार करने अथवा इलेक्ट्रॉनिक, मैकेनिकल, फोटोकॉपी और रिकॉर्डिंग आदि किसी भी पद्धति से इसका उपयोग करने हेतु समस्त प्रकाशनाधिकार रखनेवाले अधिकारी तथा पुस्तक के प्रकाशक की पूर्वानुमति लेना अनिवार्य है।

Samarpan Ka Adbhut Rajmarg
Purna Tyag Aur Arpan Shakti Ka Jadu

विषय सूची

प्रस्तावना	समर्पण क्या है हारना, अनुमति देना या स्वीकारना	5
अध्याय 1	प्रेम में समर्पण संभव ईश्वरीय प्रेम का चमत्कार	8
अध्याय 2	समर्पण– मज़बूरी या स्वइच्छा मन में जगाएँ सच्ची श्रद्धा	11
अध्याय 3	ईश्वर के प्रति समर्पण उसे जो लगे अच्छा, वही मेरी इच्छा	14
अध्याय 4	कर्ता भाव का समर्पण तन, मन, धन सब हो जाएँ अर्पण	17
अध्याय 5	अहंकार का समर्पण सब कुछ ईश्वर है	21
अध्याय 6	धन का समर्पण सब भरपूर है	24
अध्याय 7	कर्मफल का समर्पण सुख-दुःख-दुविधा से मुक्ति	28
अध्याय 8	विकारों का समर्पण अवलोकन का चमत्कार	32
अध्याय 9	घटनाओं के प्रति समर्पण अपने आप परोसा, ईश्वर पर भरोसा	36

अध्याय 10	**उच्च चेतना के प्रति समर्पण** आज्ञा पालन का महत्त्व	39
अध्याय 11	**समर्पण – सराहना और प्रतिसाद** ईश्वर कभी गलती नहीं करता	43
अध्याय 12	**भक्ति की शक्ति का असर** प्रेम से प्रेम करने की कला	48
अध्याय 13	**समर्पण और सराहना ध्यान** भक्ति से मिटे मन का अज्ञान	52
	तेजज्ञान फाउण्डेशन की जानकारी	55-64

समर्पण क्या है
हारना, अनुमति देना या स्वीकारना

एक आराध्या नाम की छोटी लड़की है, जो लगभग सात साल की है। वह अपने पिगी बैंक से पैसे निकालकर एक बेहद सुंदर, सफेद और हलके गुलाबी रंग के मोती का हार खरीदती है। हार उसे बहुत पसंद होने के कारण उसे हमेशा गले में पहनकर रहती है, सिर्फ नहाते वक्त वह उस हार को निकालकर रखती है। वह अपने माता-पिता की बहुत लाड़ली है। उसे उसके पिताजी रोज़ एक कहानी सुनाते हैं। एक दिन पिताजी उससे पूछते हैं, 'क्या तुम मुझसे प्रेम करती हो?' इस पर बेटी जवाब देती है, 'हाँ, मैं आपसे बहुत प्रेम करती हूँ।' इस पर वे उसे कहते हैं, 'तो वह मोती का हार मुझे दोगी।' यह सुनकर बेटी कहती है, 'हार छोड़कर आप मुझसे कुछ भी माँगो, मैं देने के लिए तैयार हूँ लेकिन हार नहीं दूँगी।'

यह सिलसिला काफी दिनों तक चलता रहा। रोज़ पिताजी बेटी को कहानी सुनाकर हार की माँग करते हैं और बेटी इनकार कर देती है। एक दिन बेटी के मन में वह हार देने का विचार आता है। थोड़ी उदासी से ही सही लेकिन वह अपना पसंदीदा हार पिताजी को दे देती है। यह देखकर पिताजी अपने कमरे में जाकर बेटी के हाथ में एक नया बहुमूल्य असली मोतियों का हार रखते हैं। असल में वह हार उनके पास काफी दिनों से था मगर वे राह देख रहे थे कि आराध्या अपना नकली मोतियों का हार त्याग दे ताकि बदले में वे वह असली हार उसे दे पाए।

उपरोक्त कहानी की तरह परमात्मा भी हमें बेहतरीन चीज़ें देना चाहता है किंतु वह इंतजार करता है कि कब इंसान अपने सीमित और नकारात्मक विचार त्यागकर, पूर्ण समर्पित हो क्योंकि समर्पण से भक्त और भगवान एक होकर काम करते हैं।

'समर्पण' इस शब्द का अर्थ बहुत ही व्यापक है। समर्पण रास्ता भी है और मंज़िल भी इसलिए इसे अद्भुत राजमार्ग (पहेली) भी कह सकते हैं। इस पहेली के कारण, इंसान ने इसकी कई अलग-अलग धारणाएँ बनाई हैं, जो उसे पूर्ण रूप से समर्पित होने नहीं देती। जैसे- वह सोचता है कि जिसने कोई गुनाह किया हो, वही समर्पण करता है या जब हमारे हाथ में कुछ करने योग्य नहीं होता तब समर्पण किया जाता है या करना चाहिए। उसे लगता है 'समर्पण यानी हार जाना' इसलिए वह समर्पण करने से पीछे हटता है। हालाँकि समर्पण का आध्यात्मिक अर्थ हारना नहीं बल्कि स्वीकार, अनुमति और विश्वास है। समर्पण दुनिया से लड़ने की बजाय उसे स्वीकार कर प्रेमपूर्वक व्यवहार करने का विश्वास देता है। समर्पण यानी संघर्षभरा जीवन छोड़कर, लय-ताल में एक ऐसा अद्भुत जीवन जीना, जिसकी कल्पना भी नहीं की जा सकती।

समर्पण को लेकर दूसरी गलत धारणा यह भी है कि 'समर्पण आलसी लोगों के लिए पलायन का मार्ग है।' वे सोचते हैं, 'सब ईश्वर के हाथ में ही है तो हम क्यों कुछ करें' इसलिए वे हमेशा समस्याओं में ही घिरे रहते हैं। जबकि समर्पण हर समस्या को खुश रहकर सुलझाने के लिए प्रेरित करता है।

इंसान को समर्पण इसलिए भी करना चाहिए क्योंकि उसे यह समझना है कि 'जिस चीज़ को वह टोकता है, वह टिक जाती है।' अर्थात जब इंसान नकारात्मक भावना में रहता तब उसके जीवन में नकारात्मक बातें ही आकर्षित होती हैं। इसलिए इंसान को अपनी नकारात्मक भावनाओं से मुक्ति पाने के लिए जीवन में चीज़ों को टोकने की बजाय उन्हें स्वीकार करना सीखना चाहिए। जिसके लिए सबसे उपयोगी सूत्र है- **'अपने आप परोसा, ईश्वर पर भरोसा।'** जिसके प्रयोग से अस्वीकार स्वीकार में बदल जाता है और हमें घटनाओं को अलग ढंग से देखने की कला मिल जाती है।

इस सूत्र के प्रयोग से समर्पित होना आसान होता है, जिससे घटनाओं का स्वीकार गहरा होता जाता है। घटनाओं के प्रति जिद्द नहीं रहती कि ऐसा ही होना चाहिए या वैसा ही होना सही है। इंसान के जीवन में हो रही घटनाओं के मुक्त प्रवाह (free flow) में, ईश्वर इच्छा के प्रति समर्पित रहने से, उसकी जीवन नैया भवसागर में स्थिर होने लगती है और घटनाएँ धीरे-धीरे बेहतरीन तरीके से सुलझने लगती हैं।

इंसान अपनी गलत धारणाओं की वजह से समर्पण करने से घबराता है। परिणामत: जीवन में उसे प्रेम, आनंद, शांति, सुख, समृद्धि आदि नहीं मिलता। उसे यह ज्ञात नहीं होता कि ईश्वर तो उसे यह सब देना ही चाहता है परंतु वह थोड़ा विश्वास तो दिखाए कि ईश्वर उसका पूरा खयाल रख रहा है और सही समय पर घटनाएँ अपने आप परोसकर आ रही हैं।

तो आइए, हम भी अपनी छोटी-छोटी इच्छा-आकांक्षाओं से ऊपर उठें और पूर्ण अर्पण भाव में, न कि मज़बूरी में '**अपने आप परोसा, ईश्वर पर भरोसा**' कहते हुए समर्पण के अद्भुत राजमार्ग पर चलकर इसकी शक्ति आजमाएँ।

...सरश्री

अध्याय 1

प्रेम में समर्पण संभव

ईश्वरीय प्रेम का चमत्कार

मंगलसिंग नामक एक डाकू था, उसका बायाँ हाथ कटा हुआ था। वह एक हाथ से ही तलवार चलाता, फिर भी उसका कोई वार खाली नहीं जाता था। उसे तंबाकू खाने की बड़ी तलब रहती थी इसलिए वह एक ही हाथ से तंबाकू मसलकर खाता था। दूर-दूर तक के गाँवों में उसका आतंक छाया हुआ था। लोग उसके नाम से ही डरते थे। वह बड़ा ही खूँखार और निर्दयी था पर माँ काली का बहुत बड़ा भक्त था। जब भी वह डाका डालने जाता तो पहले माँ काली की पूजा-आरती करके भोग लगाता था। उसे विश्वास था कि देवी की पूजा करने के बाद डाका डालने से बहुत धन मिलता है। उसका मानना था कि माँ के आशीर्वाद से ही उसकी तलवार के एक ही वार से दुश्मन मर जाता है।

डाकू मंगलसिंग के जीवन में दो स्त्रियाँ थीं- एक उसकी माँ लीलावती और दूसरी उसकी पत्नी, जिसे वह बेहद प्रेम करता था। मंगलसिंग की माँ और पत्नी दोनों ही उसे डकैती जैसा बुरा काम छोड़ने के लिए कहती थीं मगर वह किसी भी हाल में यह काम छोड़ना नहीं चाहता था। उसे अपने काम पर और पाए हुए धन पर बहुत घमंड था।

जब उसकी पत्नी गर्भवती हुई तब वह बहुत खुश हुआ लेकिन उसकी पत्नी नहीं चाहती थी कि उसका बच्चा इस दुनिया में आए और

लोग उसे डाकू का बेटा कहकर पुकारें। एक दिन उसने फैसला किया कि वह अपने पति को आखिरी बार समझाएगी। यदि तब भी वह पुलिस के पास जाकर समर्पण नहीं करता तो वह अपना गर्भपात करा देगी। उसने मंगलसिंग को समझाते हुए कहा कि 'ज़रा सोचकर देखो हमारा बच्चा बड़ा होकर क्या बनेगा? एक डाकू का बच्चा तो आखिर डाकू ही बनेगा! वह डाका डालेगा और पुलिस उसका पीछा करेगी। पुलिस से बचने के लिए वह यहाँ-वहाँ भागता फिरेगा। किसी भी समय वह पुलिस की गोली का शिकार हो सकता है, क्या तुम चाहते हो ऐसा हो?' यह सुनकर डाकू को बच्चे का पूरा जीवन फिल्म की तरह दिखने लगा। मंगलसिंग जिस प्रकार का जीवन जी रहा था, वह वैसा जीवन अपनी संतान को बिलकुल नहीं देना चाहता था। तब उसके अंदर के असमर्पण ने समर्पण करने का फैसला लिया। उसने प्रतिज्ञा ली कि अब वह हथियार नहीं उठाएगा।

पुलिस मंगलसिंग को काफी समय से पकड़ना चाहती थी पर वह कभी जंगल में भाग जाता तो कभी कहीं और जाकर छिप जाता। एक दिन मंगलसिंग ने परिवार के प्रति प्रेम की खातिर यह घोषणा करवाई कि वह आत्मसमर्पण करने को तैयार है। उसका समर्पण प्रेम की शक्ति के कारण स्वेच्छा से हुआ।

उपरोक्त कहानी में हमने देखा कि मंगलसिंग अपने अजन्मे बच्चे के प्रेम में अपनी इच्छाओं और अहंकार का समर्पण करने को तैयार हो जाता है। जिस तरह काफी नकारात्मक वृत्तियोंवाला डाकू साधारण प्रेम में समर्पित हो सकता है तो एक सामान्य इंसान ईश्वर के प्रेम में, भक्ति में क्या कुछ नहीं कर सकता! ईश्वर के प्रति प्रेम का रिश्ता भी इंसान को बदलता है, उससे उसकी वृत्तियों, अहंकार, अष्टमाया व मन के विकारों का समर्पण करवाता है।

इंसान कुछ रिश्ते होश में बनाता है, जैसे एक बच्चे का अपनी माँ के साथ बनता है। डाकू मंगलसिंग का भी अपनी माँ, पत्नी और अजन्मे बच्चे के साथ रिश्ता बना था। उसी तरह इंसान का एक रिश्ता ईश्वर के साथ बनता है, जिसमें

निःस्वार्थ प्रेम और भक्ति की वजह से वह आसानी से समर्पित हो पाता है। जब उसका समर्पण होता है तभी ईश्वरीय प्रेम प्रकट होता है, जिसे तेजप्रेम भी कहा जा सकता है। यह एक ऐसा प्रेम है, जो किसी मोह या लालच में आकर नहीं किया जाता, जो अपने और पराए का भेद नहीं करता। उसे दिखाने की आवश्यकता ही नहीं होती, वह इंसान के व्यवहार से स्वतः ही व्यक्त होता है।

साधारण प्रेम में इंसान अपना स्वभाव बदलना नहीं चाहता बल्कि वह और वृत्तियों में फँसता जाता है। इसके विपरीत ईश्वरीय प्रेम में इंसान अंतर्बाह्य बदलता है। जैसे किसी का गुस्सेवाला स्वभाव है और वह जब ईश्वरीय गुणों पर मनन करता है तब उसे ज्ञात होता है कि ईश्वर का गुण दया, क्षमा, शांति है । वह भी गुस्सा करना छोड़ देता है और स्वयं तथा दूसरों को माफ करने लगता है।

संसार ऐसे अनेकों उदाहरणों से भरा पड़ा है, जहाँ इंसान सभी गलत आदतों को छोड़कर ईश्वर भक्ति में तल्लीन हो जाता है। उदाहरणतः रत्नाकर वाल्मीकि ऋषि बने, संत तुकाराम, ज्ञानेश्वर जैसे संतों का जिन्होंने कड़वा विरोध किया, वे ही आगे चलकर उनके शिष्य बने।

इंसान को साधारण प्रेम और ईश्वरीय प्रेम में फर्क समझना होगा। साधारण प्रेम में इंसान की कुछ न कुछ अपेक्षाएँ रहती हैं, जबकि ईश्वरीय प्रेम बिना शर्त का होता है। साधारण प्रेम में सुख-सुविधाओं की चाह होती है। ईश्वरीय प्रेम में इंसान कहता है, *'हे ईश्वर, आप मेरे लिए जो उचित समझते हो, वही करना, मैं तो अज्ञान और मोह के कारण कुछ माँगूँगा लेकिन आप मुझे वही देना, जिससे सबका मंगल हो।'*

ईश्वरीय प्रेम में ही यह संभव है कि इंसान अपना तन ईश्वर की सेवा में, मन ईश्वरीय विचारों (ध्यान-साधना) में और धन ईश्वर के निर्माण कार्य में लगाकर समर्पण का आनंद प्राप्त कर सकता है। इस पुस्तक में आप तन, मन धन के समर्पण का सही अर्थ जानकर समर्पण करना सीखेंगे ताकि आप जीवन में ईश्वरीय प्रेम का लाभ लेकर अपने आपको जनम-मरण के चक्र से मुक्त कर मोक्ष प्राप्त कर पाएँ।

अध्याय 2

समर्पण- मज़बूरी या स्वइच्छा

मन में जगाएँ सच्ची श्रद्धा

इंसान का जीवन कैसा आकार लेगा, यह उसके समर्पण की भावना पर निर्भर करता है। साथ ही इस बात पर भी आधारित होता है कि वह समर्पण मज़बूरी में, किसी दबाब में, स्वइच्छा से या खुशी से कर रहा है क्योंकि दोनों तरह के समर्पण में बहुत बड़ा अंतर होता है।

जैसे किसी इंसान को कोई सेवा का कार्य करने हेतु समय पर पहुँचने को कहा जाए तो वह मज़बूरी में, बुलाया है इसलिए जाएगा। जबकि एक भक्त खुशी और उल्लास से सेवा करना चाहेगा। भक्त को ईश्वर के प्रति प्रेम है इसलिए वह स्वइच्छा और समर्पित भाव के साथ किसी भी समय पहुँचने को तत्पर रहेगा।

कई बार इंसान शुरुआत में मज़बूरी में समर्पण करता है मगर धीरे-धीरे जब उसे समर्पण का सही अर्थ समझ में आता है तब मज़बूरी हट जाती है और उसका जीवन बदल जाता है। आइए, इसे विद्यार्थी के उदाहरण से समझने का प्रयास करते हैं।

विद्यार्थी के जीवन में मज़बूरी का नाम परीक्षा होता है। अगर यह मज़बूरी नहीं होगी तो शायद वह पढ़ाई ही न करे। वह परीक्षा को अपना दुश्मन समझकर कोसता है। उसे यह पता नहीं कि पढ़ाई क्यों ज़रूरी है और इसका महत्त्व क्या है। कुछ विद्यार्थियों का शरीर इस मजबूरी के आगे समर्पित नहीं हो पाता तो वे

बीमार पड़ जाते हैं या तनाव में आ जाते हैं। वे समझ ही नहीं पाते कि परीक्षा उनके रूपांतरण और विकास के लिए जीवन का आवश्यक पड़ाव है। फिर जब उन्हें धीरे-धीरे बढ़ती उम्र के साथ यह ज्ञात होता है कि परीक्षा जीवन में उन्नति करने और उनके अंदर गुणवत्ता तैयार करने हेतु ली जाती है तब उनका मन स्वत: ही पढ़ाई करने के लिए तैयार हो जाता है। सफलता पाने की आशा में उन्हें पढ़ना अच्छा लगने लगता है। फिर वे मजबूरी में नहीं बल्कि आनंद से पढ़ने लगते हैं। पढ़ाई के प्रति मन को समर्पित करके अपने जीवन को नया आकार देते हैं।

इसी तरह इंसान के जीवन में हो रही अलग-अलग घटनाओं के कारण उसकी उन्नति होती है। इस बात से बेखबर इंसान नकारात्मक घटना को कोसता है और अनजाने में वैसी ही घटना को फिर से होने का निमंत्रण देता है। जब उसे पता चलेगा कि हर घटना उसे सिखाने और विकास करवाने के लिए आई है तो वह उसे स्वीकार कर, स्वत: ही समर्पित हो जाएगा।

अन्यथा इंसान प्रार्थना और समर्पण भी मजबूरी में करता रहता है। जैसे, 'हे ईश्वर, मुझे संतान का सुख प्राप्त होगा तो मैं बड़ा चढ़ावा चढ़ाऊँगा... भगवान मुझे अच्छी नौकरी और अच्छी इनकम दिला दो, मैं आपको लड्डू या वस्त्र चढ़ाऊँगा।' यह है मज़बूरी में किया गया समर्पण क्योंकि इंसान मोह-माया में बँधा हुआ है। इसके विपरीत जब कोई अपने किसी प्रियजन के स्वास्थ्य के लिए प्रार्थना करते हुए समर्पण करता है कि 'इसे अच्छा कर दो, उसे स्वास्थ्य प्रदान करो' तब उसमें उसका स्वार्थ नहीं बल्कि निःस्वार्थ भाव होता है। इस समर्पण में सामनेवाले को कुछ प्राप्त नहीं हो रहा है लेकिन उस घटना की वजह से उसका मन शुद्ध हो रहा है, उसके मन में सच्ची श्रद्धा जग रही है, जिससे वह आसानी से समर्पित हो जाता है।

स्वइच्छा से और मज़बूरी से किए गए समर्पण में फर्क होता है। जैसे- पुलिस किसी मुजरिम को गिरफ्तार करती है तब वह मजबूरी में पुलिस की गिरफ्त में होता है। इसलिए उसकी आँखें इधर-उधर घूम रही होती हैं, उसके मन में उथल-पुथल मची होती है कि कहीं से उसे भागने का मौका मिल जाए। उस वक्त उसके अंदर पलायन करने की भावना तीव्र होती है। अगर वह रास्ते में नहीं भाग

पाया तो जेल से किसी तरह फरार होने के बारे सोचता रहता है। यह इसलिए होता है क्योंकि वह स्वइच्छा से समर्पित नहीं हुआ है, मज़बूरी में हुआ है।

पूर्ण समर्पण की अवस्था आने के बाद मन में कभी भी पलायन का विचार नहीं आता। जैसे– पहले भाग में आपने डाकू मंगलसिंग की कहानी पढ़ी कि जब भी उसकी पकड़े जाने की स्थिति बनती तो वह पलायन के तरीके ढूँढ़ लेता था। बड़ी चतुराई से उसकी पैनी नज़रें पलायन का मार्ग खोज लेती मगर जब उसने स्वइच्छा से समर्पण किया तब उसके मन से पलायन का विचार भाग गया। अब वह इस आनंद में था कि कब उसका बच्चा इस दुनिया में आए और कब उसकी मुलाकात उससे हो। बच्चे के आने की खुशी में उसकी सोच केवल इस बात पर केंद्रित हो गई कि उसके कर्मफल के लिए जो सज़ा मिली है, उसे जल्द से जल्द भोगकर वह जेल से बाहर निकले। जिस वजह से उसके चाल-चलन में फर्क आ गया और वह जेल में बाहर आने के लिए कड़ी मेहनत करने लगा। उसके इस अच्छे व्यवहार के कारण समय से पहले ही उसे जेल से रिहाई मिल गई। उसकी सज़ा कम होकर रिहा होना, उसके जीवन में बोनस की तरह आया। इस बोनस के साथ उसे इसका ज्ञान भी प्राप्त हुआ कि जीवन में जब कुछ भूलों को सुधारा जाता है तो उसका परिणाम भी भला ही निकलता है।

आम तौर पर देखा जाए तो इंसान के साथ भी यही बात लागू होती है। उसका भी स्वइच्छा से समर्पण होने के लिए शुरुआत में ईश्वर द्वारा निर्मित घटनाओं का बल आवश्यक होता है। घटनाओं के कारण मज़बूरी में मनन करते-करते इंसान के मन में प्रज्ञा और समझ प्राप्त होकर, उसे स्पष्टता मिलती है। जिससे आगे के स्तर पर उसका विकास ही होता है। यही है समर्पण की शक्ति, जो इंसान के जीवन में अदृश्य में कार्य करती है।

अध्याय 3
ईश्वर के प्रति समर्पण
उसे जो लगे अच्छा, वही मेरी इच्छा

जो इंसान 'अपने आप परोसा, ईश्वर पर भरोसा' इस समर्पण सूत्र से अपना पूरा जीवन ईश्वर के हवाले करता है, ईश्वर उसका हमेशा खयाल रखता है। उसकी हर ज़रूरत समय पर पूरी करता है। जब इंसान पूर्ण विश्वास के साथ ईश्वरीय इच्छा के प्रति समर्पण करता है तब ईश्वर उसके विश्वास को सच साबित करता है। आइए, इसे एक कहानी द्वारा समझते हैं।

एक बार एक संत और अमीर इंसान एक ही ट्रेन से सफर कर रहे थे। अमीर इंसान उस संत की तरफ नफरत और घृणा से देख रहा था। उसका मानना था कि ईश्वर नहीं होता और संत बेवजह ईश्वर की भक्ति में अपना समय नष्ट करते हैं।

सफर में जब खाना खाने का समय आया तब अमीर इंसान के नौकर ने उसे खाना परोसा। खाना खाने के बाद अमीर इंसान ने अचानक थोड़े ऊँचे स्वर में संत को कहा, 'आप क्यों ईश्वर भक्ति में अपना समय बरबाद करते हैं, दूसरों से खाना मिलने की उम्मीद करते हैं? देखो मैं अपनी मेहनत से धन कमाकर स्वावलंबी जीवन जीता हूँ और आपको आज का खाना कैसे मिलेगा, यह सोचते रहना पड़ता है।'

अमीर इंसान की बातें सुनकर संत ने शांत स्वर में कहा, 'मैंने आपसे तो कुछ भी माँगा नहीं और रही खाने की बात तो जिन पर ईश्वर की कृपा होती है, उनकी ज़रूरत बिन माँगे ही पूर्ण हो जाती है।' यह सुनकर अमीर इंसान ने बुरा

सा मुँह बनाकर, संत का मज़ाक उड़ाते हुए कहा, 'देखते हैं, जिस ईश्वर की आप भक्ति करते हैं, वह आपको आज का खाना कैसे देता है?'

कुछ समय उपरांत सूचना मिली कि अगले स्टेशन पर ट्रेन आधा घंटा रुकेगी। जब स्टेशन आया तब संत पानी पीने के लिए स्टेशन पर उतरे। अंदर से अमीर इंसान सब कुछ देख रहा था। उसी समय एक इंसान संत के करीब आया और उनसे बात करने लगा। बातों के दौरान वह इंसान अपना खाने से भरा टिफिन संत को देकर चला गया। संत स्टेशन पर ही खाना खाने के लिए नीचे बैठ गए और पहले थोड़ा खाना ईश्वर को धन्यवाद देते हुए समर्पित किया। फिर अपनी ज़रूरत अनुसार थोड़ा खाना निकालकर, बाकी बचा भिखारियों में बाँट दिया। अमीर इंसान को ये सब देखकर आश्चर्य हुआ।

जब संत वापस ट्रेन में बैठे तो उन्होंने अमीर इंसान से कहा, 'ईश्वर पूरे ब्रह्मांड का खयाल रखता है, ज़रूरत है सिर्फ उसके प्रति समर्पण की। उसे जो लगे अच्छा, वही मेरी इच्छा।'

देखा आपने! वह संत हर अवस्था में समर्पित था इसलिए आनंदित रह पाया। ईश्वर के प्रति विश्वास, भक्ति और समर्पण भाव में रहने से ही इंसान की सारी समस्याएँ विलीन हो सकती हैं। प्रेम और भक्ति से किया गया समर्पण सुफल प्रदान करता है।

समर्पण से दूसरा लाभ यह होता है कि इंसान को हर घटना स्वीकार होने लगती है और वह शिकायतरहित जीवन जीने लगता है। वह व्यक्तिगत लाभ-हानि से ऊपर ऊठकर, औरों की उन्नति के लिए कारण बनता है। इंसान अपना समस्त जीवन विश्व के कल्याण हेतु व्यतीत कर, निःस्वार्थ जीवन की तरफ जाने लगता है। जैसे- आपने मदर मेरी के बारे में सुना या पढ़ा होगा। ईश्वर के प्रति वे पूरी तरह से समर्पित थीं। ईश्वर ने उनका चुनाव पृथ्वी पर एक नई चेतना को जन्म देने के लिए किया था। इस चुनाव से एक मसीहा ने मदर मेरी के गर्भ से जन्म लिया। तब उन्होंने व्यक्तिगत स्वार्थ के विचार नहीं रखे कि 'मेरा बेटा सिर्फ मेरी ही सेवा करे' बल्कि पूर्ण समर्पण के साथ वे विश्व कल्याण के लिए निमित्त बनीं।

ईश्वर के प्रति समर्पण यानी 'उसे जो लगे अच्छा, वही मेरी इच्छा।' अर्थात तुम मुझे जिस हाल में भी रखोगे, मुझे वह मंजूर होगा। उसमें यह प्रज्ञा जगती है कि 'अब ईश्वरीय इच्छा के खिलाफ कार्य करने की ज़रूरत नहीं है, ईश्वर इच्छा में ही मेरी भलाई है।' ईश्वर इच्छा के प्रति स्वयं को अर्पण करने के बाद जो भी निर्णय लिए जाते हैं, वे सही होने लगते हैं। सही निर्णयों से बेहतरीन भविष्य आकार लेता है। जीवन के सभी कार्य ईश्वर इच्छा में अनुमति दर्शाकर करने से इंसान में ईश्वर इच्छा की और स्पष्टता प्राप्त होती है।

जब इंसान के अंदर ईश्वर इच्छा के प्रति असमर्पण का भाव रहता है तब रिश्तों में प्रेम होते हुए भी अकसर उनमें उतार-चढ़ाव आते रहते हैं। मन में आसक्ति और स्वार्थ जगाकर वह दुःखी होते रहता है। जबकि समर्पण के बाद इंसान का संपूर्ण जीवन ईश्वरीय आशीर्वाद बन जाता है। उसके द्वारा हर अवस्था में सहजता, आश्चर्य, साक्षीभाव और सराहना होती है। समर्पण के पहले इंसान थोड़ा सा कार्य करने के बाद थकान महसूस करता है। मगर समर्पण के बाद वह पूरे विश्व की चिंता खुशी से कर पाता है और उसके द्वारा हर कार्य विश्व के हित में होने लगता है।

विश्व में ऐसे बहुत कम लोगों ने निःस्वार्थ जीवन जीया है। जैसे- मदर तेरेसा ने अपना जीवन बीमार और अनाथ बच्चों के लिए समर्पित किया। उन्होंने ईश्वर इच्छा का आदर रखकर औरों के लिए आदर्श जीवन की मिसाल रखी। समाज के लिए कार्य करते समय उनका हृदय ईश्वर को धन्यवाद देता रहा। पृथ्वी पर उनके कार्य द्वारा बेहतरीन योगदान हुआ, जिसका उन्होंने कभी श्रेय नहीं लिया बल्कि वे ऐसा मानती रहीं कि 'सब ईश्वर की मर्ज़ी से हो रहा है।' इसी को सच्चा, निष्कपट, अहंकाररहित समर्पण कहा गया है।

ऐसे ईश्वरीय भक्ति में लीन (समर्पित) अनेकों संतों-महात्माओं की जीवनी से प्रेरणा पाकर हम भी अपना जीवन सार्थक बनाएँ, यही इस पुस्तक का मूल उद्देश्य है।

अध्याय 4
कर्ता भाव का समर्पण
तन, मन, धन सब हो जाएँ अर्पण

पृथ्वी पर लोगों के अलग-अलग तरह के भ्रम होते हैं। इनमें से एक है खुद को शरीर मानकर अपने आपको सबसे अलग समझने का भ्रम। यह भ्रम सिर्फ इंसानों में ही होता है, प्राणियों में नहीं होता। इंसान को ही अनेक प्रकार की व्यवस्थाओं और संभावनाओं से भरा जीवन मिला है। ईश्वर से प्राप्त इन संभावनाओं की वजह से ही वह अपने काम सहजता से कई घंटों तक कर पाता है, जिससे उसके अंदर कर्ताभाव जाग जाता है और वह कहता है, 'यह काम मैंने किया'... या 'यह काम मैंने कितना अच्छा किया'...। हालाँकि ईश्वर से मिली अनेक व्यवस्थाओं की वजह से घटनाएँ स्वचलित-स्वघटित हो रही होती हैं। लेकिन इंसान का मन बीच में आकर कार्य का श्रेय लेने लगता है।

जब तक उसके मन में सहजता थी, 'मैं शरीर हूँ' या 'मैं कर्ता हूँ' का भाव नहीं था तब तक वह समर्पण के साथ कार्य कर रहा था। जैसे ही मैं का भाव जागा, वह श्रेय लेने लग गया और उसके दुःख की संभावनाएँ बढ़ गईं। इसलिए आदिकाल से ही समर्पण के मार्ग में 'मैं' और 'मेरा' इस भाव को समाप्त करने का संदेश दिया जा रहा है मगर समय बीतते वह समझ लुप्त होती गई। यही कारण है कि कुछ लोग कर्ताभाव के समर्पण का लाभ ले पाते हैं, कुछ नहीं ले पाते।

असल में देखा जाए तो इंसान को काम करने का विचार आता है और उसके शरीर द्वारा क्रिया हो जाती है। लेकिन उसका मन इसी भ्रम में जीते रहता

है कि 'मैं कर्ता हूँ' और यही कर्ता का भाव उसे कर्म से बाँध देता है। ऐसा भाव कर्मबंधन का कारण बनता है। जब इंसान को पूर्ण रूप से यह समझ में आएगा कि 'मैं कर्ता नहीं' तो उसे हर कर्म होते हुए दिखाई देगा।

हकीकत में कर्म क्या है और कैसे स्वचलित, स्वघटित हो रहे हैं, इन सवालों के जवाबों की गहराई जानने हेतु बचपन से शुरुआत करनी होगी। जब बच्चा दो-ढाई साल का होता है तब घटनाओं को कौन चलाता है? जब पालने में लेटा हुआ दो साल का बच्चा करवट बदलता है तब वह क्या सोचकर एक ओर से दूसरी ओर पलटता है? क्या वह यह सोचता है कि 'मैं इस तरह से लेटा हूँ तो कहीं शरीर में दर्द न हो जाए?' या 'बहुत देर तक मैंने करवट ही नहीं बदली तो अब बदलता हूँ।' क्या बच्चे की ऐसी कोई सोच होती है? नहीं मगर क्रिया हो जाती है, यह दृश्य तो सभी ने देखा होगा।

इसी तरह जब बच्चा खिलौनों के साथ खेलता है तब क्या वह यह सोचता है कि 'फलाँ खिलौना ज्यादा अच्छा, फलाँ खिलौना खराब है' या 'फलाँ खिलौने के साथ खेलना है और फलाँ के साथ कभी नहीं खेलूँगा।' नहीं न! बच्चा सिर्फ खेलता है, उसके अंदर ऐसे कोई भी विचार नहीं होते, वह सिर्फ अलग-अलग क्रियाएँ करता रहता है।

कहने का तात्पर्य है कि तीन साल तक बच्चे का जीवन स्वचलित, स्वघटित चलता है। उसके साथ सभी प्रकार की घटनाएँ हो रही होती हैं मगर वहाँ 'मैं' या 'कर्ता' भाव या कार्य करनेवाला कोई अलग अस्तित्व नहीं होता।

तीन साल के बाद बच्चे में 'मैं कर रहा हूँ' का भाव जगना शुरू हो जाता है। बड़े होते-होते उसके दिमाग में यह बात पक्की हो जाती है कि यदि मैं ऐसा कहूँ कि 'यह मैंने किया' तो मुझे शाबाशी मिलेगी। जैसे बच्चा आकर माँ को कहता है, 'देखो, मैंने यह चित्र बनाया' तो माँ कहती है- 'अरे वाह! तुमने तो बहुत बढ़िया चित्र बनाया... ऐसा तो बड़े भी न बना पाएँगे... वेरी गुड... keep it up।' इस तरह शाबाशी पाकर बच्चा बहुत खुश हो जाता है। पहले-पहल तो उसे पता भी नहीं होता कि यह मैंने किया बल्कि उसे आश्चर्य होता है कि यह तो अपने आप हो गया। मगर जब वह कहता है, यह अपने आप बन गया तब उसे कोई शाबाशी नहीं मिलती इसलिए वह कर्ता बन जाता है। मानो, किसी के दिमाग में

अचानक एक युक्ति आती है। हालाँकि युक्ति लाई नहीं जाती, वह तो अपने आप आ जाती है मगर वह ऐसा कहेगा तो उसे कोई शाबाशी नहीं मिलेगी इसलिए इंसान कहता है, 'मैंने एक युक्ति सोची।' जबकि ईमानदारी से मनन करेंगे तो ज्ञात होगा कि क्या वाकई मैंने सोची या वह स्वतः ही आ गई।

इन सब उदाहरणों से यही बताने का प्रयास किया जा रहा है कि हर क्रिया स्वतः ही हो रही है तो किसी भी कार्य का श्रेय लेने की आवश्यकता ही नहीं है। इस समझ को धारण करने के बाद ही इंसान कर्ताभाव का समर्पण कर, कह पाएगा, 'मैं, नहीं 'तू ही' सब करता है... सबका कर्ता-धरता तू ही है।' इससे खुद को अलग माननेवाला 'मैं' समाप्त होने लगेगा और एकात्मा के भाव जगने लगेंगे। जब इंसान हर स्थान, हर चीज़ में 'तू ही तू, सब तेरा' कहने लगता है तो 'मैं' और 'तू' का अंत हो जाता है और वह ईश्वरीय विचारों के साथ एकाकार हो जाता है।

कई बार अध्यात्म में यह पंक्ति सुनने को मिलती है, **'तन, मन, धन सब है तेरा, क्या लागे मेरा।'** मन के समर्पण के लिए यह बहुत ही महत्वपूर्ण पंक्ति है। इसे सुनकर कई लोग समर्पण कर पाते हैं क्योंकि वे मन से परेशान हुए होते हैं। लेकिन 'तन' का समर्पण करने के लिए लोग हिचकिचाते हैं। क्योंकि उन्होंने इसका सही अर्थ समझा नहीं होता है। उन्हें लगता है तन का समर्पण यानी शरीर (स्थूल देह) का त्याग करना। जबकि तन को समर्पित करना यानी 'मैं शरीर हूँ', 'मैं कर्ता हूँ' इस अज्ञान का समर्पण करना। इस समझ के साथ जब इंसान समर्पण का जादू अपनाएगा तब उसके शरीर का योग्य इस्तेमाल होगा। ऐसे में माया की बातें या किसी दूसरी वृत्तियों के लिए शरीर ललचाएगा तब उसके मन में विचार आएगा कि 'मैं यह तन ईश्वर को सौंप चुका हूँ, अब इसके द्वारा केवल ईश्वरीय कार्य ही करने हैं।'

इस तरह जब इंसान अज्ञानभरे विचारों को छोड़ देता है तब उसके जीवन में समर्पण का जादू कार्य करने लगता है।

आइए, समर्पण की शक्ति को एक भील की कहानी द्वारा समझते हैं।

एक पर्वत पर शिवजी का बड़ा ही सुंदर मंदिर था। वहाँ बहुत सारे लोग

पूजा करने आते थे। उनमें दो शिव भक्त थे – एक ब्राह्मण और एक भील। ब्राह्मण प्रतिदिन शिवजी पर फूल-पत्तियाँ चढ़ाता, चंदन का लेप लगाता। लेकिन भील के पास पूजा के लिए ये सब वस्तुएँ नहीं होती थीं इसलिए वह जंगल के फूलों से ही पूजा संपन्न कर, शिवजी के सामने भक्ति भाव से नृत्य करता। एक दिन ब्राह्मण जब मंदिर में गया तो उसने देखा कि शिवजी भील से बातें कर रहे हैं। ब्राह्मण को यह अच्छा नहीं लगा। तुरंत वह सोचने लगा, 'मैं प्रतिदिन इतनी उच्च वस्तुओं से शिवजी की पूजा करता हूँ और शिवजी मुझे छोड़कर इस भील से बातें कर रहे हैं।'

ब्राह्मण स्वयं को रोक न पाया और उसने शिवजी से पूछा, 'हे प्रभु! क्या आप मेरी पूजा और भक्ति से संतुष्ट नहीं हैं? ये भील आपकी निकृष्ट चीज़ों से पूजा करता है, फिर भी आपने इसे दर्शन दिए।' इस पर शिवजी ने उत्तर दिया, 'तुम ठीक कह रहे हो। इस भील का जितना स्नेह मुझ पर है, उतना तुम्हारा नहीं है।'

एक दिन दोनों भक्तों की भक्ति परखने हेतु शिवजी ने अपनी एक आँख फोड़ ली। ब्राह्मण अपने समय पर पूजा करने आया। उसने देखा शिवजी की एक आँख नहीं है। जिसे अनदेखा कर वह पूजा करके अपने घर लौट गया। उसके बाद भील आया। जब उसने देखा कि शिवजी की एक आँख नहीं है तो उसने झट से अपनी एक आँख निकालकर शिवजी को लगा दी। दूसरे दिन ब्राह्मण पूजा करने मंदिर आया। शिवजी की दोनों आँखें देखकर उसे बहुत आश्चर्य हुआ। शिवजी ने कहा, 'ब्राह्मण, इस आँख को ज़रा गौर से देखो। यह उस भील की आँख है, जो उसने अपने आपको बिना शरीर माने समर्पित की है इसलिए भील ही मेरा सच्चा भक्त है।'

सुनकर ब्राह्मण को शर्मिंदगी महसूस हुई और ईश्वर के प्रति सच्चे समर्पण से भील की आँख भी वापस आ गई। जिसे देख ब्राम्हण के दिव्य चक्षु खुल गए।

कहानी तो यहाँ खत्म होती है मगर आपके लिए मनन प्रश्न छोड़ जाती है:

१. क्या आपने अपने जीवन में समर्पण का महत्त्व जाना है?
२. यदि आपका लक्ष्य अंतिम सत्य पाने का है तो क्या आपने समर्पण के साथ जीना शुरू किया है?

अध्याय 5
अहंकार का समर्पण
सब कुछ ईश्वर है

जब इंसान खुद को दूसरों से अलग समझता है तब ही अहंकार का जन्म होता है। संसार में ऐसे बहुत सारे लोग हैं, जो अहंकार को बढ़ावा देते रहते हैं। जैसे- कोई किसी को गाली देकर जाता है तो जिसे गाली मिली, वह बड़ा दुःखी हो जाता है क्योंकि उसके अहंकार को ठेस पहुँचती है। जब तक वह उसे पलटकर गाली नहीं दे देता तब तक उसे चैन नहीं मिलता। 'जैसे को तैसा व्यवहार', करके ही इंसान अपने अहंकार को शांत करना चाहता है। लेकिन ऐसा करके उसे कभी शांति नहीं मिलती बल्कि वह अशांति से घिर जाता है। अहंकार के रहते इंसान अपने मूल स्वभाव से दूर चला जाता है और मन की शांति खो देता है।

इंसान अहंकार को शांत करने के लिए किसी भी हद तक जाता है, यहाँ तक कि शरीरहत्या करने की सोचने लगता है या शरीरहत्या करने का ढोंग करने लगता है ताकि दूसरे उसकी बात मानने लगे। जब लोग उसे यह यकीन दिलाते हैं कि तुम्हारी बात मान ली जाएगी तब उसके अहंकार को समाधान मिलता है।

इंसान कुछ पाकर ही नहीं बल्कि कुछ खोकर भी अपने अहंकार में रहना चाहता है। जैसे- कोई इंसान झूठे मान-सम्मान की खातिर १०० रुपयों के लिए झगड़ा करता है और झगड़ा बढ़ते-बढ़ते बात पुलिस तक पहुँच जाती है। पुलिस को ५०० रुपये रिश्वत देकर १०० रुपये वापस लेता है। यह किस तरह का अहंकार है, जो १०० रुपये के लिए ५०० रुपये खर्च करने को तैयार हो जाता है।

ऊँगलीमाल की कहानी भी इसी तरफ इशारा करती है। वह लोगों को मारकर, उनकी ऊँगलियाँ काटता था और माला बनाकर अपने गले में पहनता था। ऐसा करके उसके अहंकार को सुकून मिलता था। किंतु जब उसमें भगवान बुद्ध के प्रति समर्पण भाव जागा तब उसके हिंसक विचारों में परिवर्तन हुआ। भगवान बुद्ध से ज्ञान प्राप्त करने से उसके अंदर की व्यथित और बेचैन यादों के घाव भर गए। मन के नफरतभरे विचारों का समर्पण करके, शरीर पर उठनेवाली हर संवेदना पर साधना करके, वह हर तरह की नकारात्मता से मुक्त हुआ। इसका तात्पर्य है कि मन का समर्पण करके मुक्ति प्राप्त की जा सकती है।

लोग मंदिर या घर में ईश्वर के सामने खड़े होकर पूजा-अर्चना करके यह आरती गाते हैं-

'तन, मन, धन... सब है तेरा!

तेरा तुझको अर्पण, क्या लागे मेरा...!!'

लोग ईश्वर से समर्पित भाव से कहते हैं, 'यह प्रसाद, ये फल-फूल, धूप-दीप सब कुछ तेरा ही है। मैं तुझे तेरा दिया हुआ ही अर्पण कर रहा हूँ।' इस तरह वे सब कुछ अर्पण करते हैं पर वे स्वयं किसके हैं, यह याद नहीं रखते। ईश्वर के आगे सिर झुकाकर भी इंसान खुद को 'मैं' कहकर अपने आपको ईश्वर से अलग कर देता है।

इंसान कहने के लिए तो कहता है कि **'तन, मन, धन सब तेरा है'** मगर अहंकार की वजह से खुद को अलग मान लेता है। यह समझनेवाली बात है कि सब ईश्वर का है तो वह अलग कैसे हो गया?

वैसे ही एक ओर इंसान कहता है-**'हर जीव-जंतु में ईश्वर है, यहाँ तक कि हर निर्जीव वस्तु में भी ईश्वर ही है, सब कुछ ईश्वर है'**, फिर भी वह समर्पण में 'मेरा और तेरा' लाकर असमर्पण का भाव दर्शाता है। यह इसलिए क्योंकि इंसान स्वयं को विशेष मानकर अहंकार के कारण समर्पण नहीं कर पाता। उसके अंदर 'मैं' और 'तू' का भाव इतना हावी होता है कि समर्पण की अवस्था आ ही नहीं पाती।

जब तक इंसान इस अहंकार का समर्पण नहीं करेगा तब तक उसका समर्पण सच्चा नहीं होगा। वह भी तो ईश्वर का बनाया हुआ पुतला है, इस समझ के साथ ही असली समर्पण होगा और वह सच्चा आनंद प्राप्त कर पाएगा।

समर्थ रामदास स्वामी महाराष्ट्र एवं भारत के महान और जाने-माने संत थे। १७वीं शताब्दी के साहसी और धर्मनिष्ठ राजा छत्रपति शिवाजी महाराज के वे गुरु थे। एक दिन महाराज और रामदास स्वामी एक महल में कुछ निर्माण करवाने हेतु उसका निरीक्षण कर रहे थे। गुरु तो सर्वज्ञाता होते हैं। उनके इसी गुण के कारण वे अपने शिष्य के विचारों को पढ़ लेते हैं।

महल में टहलते हुए समर्थ रामदासजी ने शिवाजी महाराज के मन में चलनेवाले विचारों को पढ़ लिया। महाराज सोच रहे थे कि 'सचमुच वे कितने महान राजा हैं, जो इतनी अच्छी तरह से अपने राज्य की सभी वस्तुओं और व्यवस्थाओं का ध्यान रखते हैं।' समर्थ रामदासजी ने शिवाजी महाराज के इन विचारों को बदलने का ठान लिया।

महल के पास ही एक बड़ा-सा पत्थर था। समर्थ रामदासजी ने शिवाजी के सैनिकों से उस पत्थर को हटाने के लिए कहा। उनकी आज्ञा अनुसार पत्थर को हटाया गया और वहाँ उपस्थित लोगों को एक आश्चर्यजनक दृश्य दिखाई दिया। उन्होंने देखा कि उस पत्थर के नीचे थोड़ा पानी भरा हुआ है और उसमें एक मेंढक बैठा है। जैसे ही पत्थर टूटा, वह मेंढक कैद से छूटकर आज़ाद हो गया।

समर्थ रामदासजी ने शिवाजी महाराज से पूछा, 'अगर तुम्हें लगता है कि इस राज्य की हर वस्तु का ध्यान तुम रखते हो तो बताओ इस मेंढक का उस पत्थर के नीचे कौन ध्यान रख रहा था?' यह सुनकर शिवाजी महाराज को अपनी गलती का एहसास हुआ और अपने अहंकार के लिए पश्चाताप भी। उस प्रसंग से उन्हें यह समझ मिली कि 'ईश्वर ने ही सारी सृष्टि बनाई है और वे ही सबका ध्यान रखते हैं।'

उपरोक्त घटना हमें इस बात के लिए प्रेरित करती है कि इंसान को अपना अहंकार समर्पित करके हर कार्य श्रद्धा और भक्ति से करना चाहिए क्योंकि संसार के हर सजीव और निर्जीव सृष्टि का ईश्वर ही एकमात्र निर्माण कर्ता है।

अध्याय 6

धन का समर्पण

सब भरपूर है

तन और मन के समर्पण का ज्ञान प्राप्त करने के बाद अब समय आया है धन के समर्पण का। धन के समर्पण के बारे में सुनते ही इंसान के मन में अलग-अलग विचार आने शुरू हो जाते हैं। जैसे- धन के बिना कार्य कैसे संभव होंगे... मेरा जीवन सहजता से कैसे चलेगा?... इत्यादि। हालाँकि इंसान का धन केवल रुपया-पैसा और ज़मीन-जायदाद तक ही सीमित नहीं है बल्कि वह अकसर बोलचाल में कहते भी रहता है, **'मेरा धन, मेरा घर, मेरा सामान'** और यहाँ तक कि 'मेरे बीवी-बच्चे' अर्थात वह खुद को धन, रिश्ते-नातों और चीज़ों का मालिक समझता है। धन का समर्पण यानी मालकियत के भाव का समर्पण। मालकियत का समर्पण करना यानी अपना धन, अपनी चीज़ें और अपने रिश्तेदारों का त्याग करने को नहीं कहा जा रहा है बल्कि उन सब पर अपना हक जताने के भाव का त्याग करने की बात की जा रही है।

तन के समर्पण में इंसान 'मैं कर्ता' इस अज्ञान का समर्पण करता है। मन के समर्पण में वह 'मैं सबसे अलग' इस अहंकारभरे विचार का समर्पण करता है। उसी तरह धन के समर्पण में उसे 'मेरा-मेरा' इस मालकियत के विचार को छोड़ना होगा। आइए, इसे एक उदाहरण से समझते हैं।

एक इंसान के बगीचे में आम का पेड़ था, उसमें बहुत आम आए थे और वे पक भी गए थे। एक रात कोई चोर उन आमों की चोरी कर लेता है, जिस वजह

से बगीचे का मालिक बड़ा दुःखी हो जाता है। उसी दिन दोपहर में उसका एक रिश्तेदार उसके घर आम भिजवाता है। यह देखकर उसका नौजवान बेटा अपने पिता से एक विशेष पंक्ति कहता है, 'पिताजी आम चोरी हो जाने पर इतना दुःखी होने की ज़रूरत नहीं है। दरअसल हमारे आम किसी और के बगीचे में पक रहे थे, हमें लगा हमारे आंगन में जो आम हैं, वे हमारे हैं। हमारे बगीचे के आम तो जो लेकर गया, उसी के थे। जिसने खाए, वे उसी के लिए पक रहे थे, इतने दिन उनकी हमने केवल रखवाली की और किसी और ने हमारे लिए आम की रखवाली की।'

उपरोक्त उदाहरण में उस इंसान की तरह हरेक ऐसे ही सीमित विचारों में रहकर सोचता है, 'यह मेरे आंगन के आम यानी सिर्फ इतने ही मेरे।', ऐसी सीमा रेखा वह हर जगह रेखांकित कर, मालकियत का हक जताता है। उसी तरह इंसान खुद के शरीर के बाहर भी चारों तरफ एक सीमा रेखा खिंचता है। इस त्वचा के अंदर जो भी है, वह मैं, उसके बाहर जो भी है, वह तू, यह सीमा रेखा लगाना मालकियत है। जबकि 'संसार एक परिवार है और कुदरत ने सब कुछ भरपूर बनाया है', यह समझ बढ़ने से मालकियत के विचार का समर्पण आसानी से हो पाएगा।

इंसान हर चीज़ का मालिक बनकर रहना चाहता है क्योंकि उसका मन हमेशा अभाव के भाव में रहता है। जैसे- 'मेरे पास गाड़ी नहीं है, बंगला नहीं है, बहुत पैसे नहीं हैं। मुझे थोड़ा और मिलना चाहिए था, इतने में मेरा क्या होगा? मेरे परिवार में तो प्रेम की कमी है।' ऐसे संवाद बोल-बोलकर कई लोग 'नहीं है... नहीं है' के भाव में जीवन जीते रहते हैं, जबकि संसार में हर चीज़ भरपूर है। हमें प्रकृति माता की इस शक्ति को पहचानने की समझ प्राप्त करनी चाहिए।

ज़रा सोचिए, पूरी पृथ्वी पर, समुंदर में अनगिनत प्राणी, वनस्पतियाँ, पेड़-पौधे हैं, सभी जीव-जंतु और प्राणियों की ज़रूरतें पूरी होती हैं तो जो सूक्ष्म जीव-जंतु की ज़रूरतों को पूर्ण कर सकता है, क्या वह हमारा और हमारे परिवार की ज़रूरतों का भी खयाल नहीं रखता होगा? यकीनन रखता है।

'भरपूरता' यह कुदरत का स्वभाव है। हमें दिखनेवाले इस ब्रह्मांड में अरबों

आकाश गंगाएँ हैं। कोई भी समुंदर का पानी नाप नहीं सकता। कुदरत में उपलब्ध आयुर्वेदिक जड़ी-बूटियों को गिना नहीं जा सकता। क्या कोई पूरे पृथ्वी पर खिलनेवाले फूल गिन सकता है? सूरज की रोशनी कितनी ऊर्जा उत्सर्जित करती है, यह नापा नहीं जा सकता। कुदरत का हरेक निर्माण 'भरपूरता' इस तत्त्व के साथ तालमेल रखता है। ऐसे में सवाल उठता है कि अगर कुदरत में हर चीज़ भरपूर मात्रा में उपलब्ध है तो इंसान को कमी क्यों दिखाई देती है? इसका जवाब है- उसका प्राकृतिक सिद्धांत के प्रति अज्ञान। सिद्धांत कहता है, 'सब कुछ भरपूर है' मगर इंसान की सीमित सोच की वजह से उसे हर जगह कमी दिखाई देती है।

वास्तव में इंसान यह बात भूल जाता है कि वह भी कुदरत का ही एक हिस्सा है, उसी का ही करिश्मा है। इसलिए वह कई बार स्वयं को कुदरत से अलग समझता है। वरना उसके लिए भी भरपूरता का तत्त्व कार्यरत है। अतः इस सिद्धांत पर विश्वास रखकर यदि कोई धन का समर्पण करेगा तो उसके पास धन और कई गुना बढ़कर वापस आएगा। आइए, एक कहानी से यह सीख प्राप्त करते हैं।

एक बार एक देश का राजा प्रजा का हालचाल जानने के लिए गाँव में घूम रहा था। घूमते-घूमते अचानक राजा के कुर्ते का बटन टूट गया। उसने अपने मंत्री को गाँव में दर्जी को ढूँढ़ने भेजा। मंत्री उस गाँव के दर्जी को राजा के पास ले आया। दर्जी ने राजा के कुर्ते का बटन लगा दिया।

राजा ने उससे मेहनताने के बारे में पूछा। इस पर दर्जी ने कहा, 'महाराज रहने दीजिए, छोटासा काम था।' राजा के फिर से पूछने पर दर्जी सोच में पड़ गया। उसे लगा कि दो रुपये माँग लेता हूँ। फिर उसके मन में विचार आया कि राजा क्या सोचेंगे कि इतने छोटे काम के यह दो रुपये ले रहा है तो गाँववालों से कितने पैसे लेता होगा। उस जमाने में दो रुपये की कीमत बहुत ज़्यादा होती थी। इसलिए दर्जी ने कहा, 'महाराज आप जितना भी उचित समझें, उतना दे दें।'

राजा तो अपने पद के हिसाब से ही देगा। राजा ने मंत्री से कहा, 'इसे दो गाँव दिए जाएँ।' यह सुनकर दर्जी खुश हो गया क्योंकि कहाँ वह दो रुपये माँगने की सोच रहा था और कहाँ उसे दो गाँव मिल गए।

इसी तरह इंसान जब अपने मालकियत के विचारों का त्याग करके, भरपूरता के भाव से कुदरत को समर्पण करता है तब कुदरत भी उसे भरपूर देती है। कुदरत के नियम अनुसार इंसान के पास सब कुछ कई गुना बढ़कर आता है। जैसे- जमीन में एक बीज़ डालें तो उससे पेड़ बनता है, पेड़ में हज़ारों फल हैं और हज़ारों फल में लाखों बीज हैं। ऐसे में आवश्यकता है केवल भरपूरता और समर्पण के भाव में रहने की।

अध्याय 7

कर्मफल का समर्पण

सुख-दुःख-दुविधा से मुक्ति

संसार में चल रही ईश्वरीय लीला की पहचान होने के बाद क्रियाओं (कर्ताभाव) का समर्पण आसानी से हो पाता है। जब इंसान अपने हर कर्म का समर्पण करना शुरू करता है तब उससे बने कर्मबंधन भी समर्पित होने लगते हैं। कर्मबंधन इंसान के साथ तब बंधता है जब उसके भाव, विचार, वाणी और क्रिया द्वारा दूसरों को दुःख होता है या ठेस पहुँचती है। ये गाँठें जाने-अनजाने में किए गए नकारात्मक क्रिया से बनती हैं।

कर्म समर्पण में कर्म करते वक्त और कर्म पूर्ण करने के बाद इंसान अगर यह समझ रखे कि 'सब ईश्वर कर रहा है, मैं केवल निमित्त मात्र है' तो यह कर्मबंधन से मुक्ति का एक कारगर मार्ग साबित हो सकता है। क्योंकि जो कर्म ईश्वर को समर्पित होते हैं, वे ही कामनारहित व दुःखरहित होते हैं। जहाँ इंसान अपना हर कर्म इस समझ से करता है कि वह केवल माध्यम है, उसके द्वारा कर्म करवाया जा रहा है। अतः कर्मबंधन न बने इसलिए कर्म के साथ-साथ उससे आनेवाले फल को भी ईश्वर को समर्पित करना, सही मायने में समर्पण हुआ।अन्यथा इंसान कर्म का समर्पण तो कर देता है लेकिन उससे मिलनेवाले फल में अटक जाता है।

जैसे- एक विद्यार्थी पढ़ाई करके परीक्षा देने का कर्म करता है। फिर जब उसका रिजल्ट आता है, वह पास हो जाता है तो बहुत खुश होकर वह आगे की

पढ़ाई बंद कर देता है। दूसरी ओर यदि कोई फेल हो जाता है तो दुःखी होकर वह भी पढ़ाई बंद कर देता है। दोनों घटनाओं में विद्यार्थी कर्म के फल में अटककर आगे का कर्म करना बंद कर देते हैं।

गीता में कहा गया है, '**कर्म करो, फल की इच्छा मत रखो या फल ईश्वर को समर्पित करो**' ताकि इंसान बिना आसक्ति से अपना कर्म करता रहे। मगर आज तक कोई यह नहीं जान पाया कि कर्म क्या है, फल क्या है और फल कैसे समर्पित करें? आइए, इसे समझें।

कर्म बहुत सारे होते हैं लेकिन उनके फल तीन तरह के होते हैं। हर कर्म के बाद फलस्वरूप जो परिणाम आते हैं, वे होते हैं– सुख, दुःख या दुविधा। कुछ कर्म करने के बाद अच्छा लगता है, कुछ कर्म के बाद बुरा लगता है या कुछ कर्म के बाद इंसान दुविधा या संदेह में होता है।

इंसान कर्म फल के बारे में जो सोचता है, वह फल नहीं है। जैसे– कोई परीक्षा देता है और उसका परिणाम आता है। पास होना या फेल होना यह परिणाम फल नहीं है बल्कि उसके बाद आया हुआ सुख, दुःख या दुविधा फल है। कोई विद्यार्थी पास होकर भी रो सकता है क्योंकि उसकी इच्छा थी कि वह फर्स्ट आए। इस घटना में उस विद्यार्थी का पास होना परिणाम है लेकिन पास होकर भी जो दुःख हो रहा है, वह फल है।

दूसरे उदाहरण में एक इंसान की जेब से दो हजार रुपये चोरी होने के बावजूद भी वह खुश हो रहा है। क्योंकि वह जब घर से निकल रहा था तब उसकी जेब में पाँच हजार रुपये थे। फिर उसे खयाल आया कि आज इतने ज़्यादा रुपये लेकर नहीं जाते, केवल दो हजार ही लेकर जाते हैं। अब किसी ने उसकी जेब काटी तो वह खुश हो रहा है कि उसके तीन हजार रुपये चोरी होने से बच गए।

उपरोक्त दोनों उदाहरणों से समझें कि घटना पर नहीं, घटना के परिणाम पर भी नहीं बल्कि उससे जागृत होनेवाले विचार फल है। दुःख, सुख या दुविधा ये मुख्य तीन ही फल हैं– इनके अंदर ही सब कुछ है।

इसलिए ये फल, ईश्वर को यह कहते हुए समर्पित करने हैं कि 'हे ईश्वर! जैसे सब कुछ आपका ही है, वैसे ही ये सुख भी आपका है, ये दुःख या दुविधा

भी आपकी है, कर्म और फल दोनों आपकी ही लीला है।'

कोई भी घटना होने के बाद जाँचें कि 'अंदर क्या हुआ?' यदि दुःख हुआ तो दुःख ईश्वर को समर्पित करें। यदि आनंद आए तो 'मैं आनंदित हुआ', ऐसा न कहते हुए, 'आनंद भी तुम्हारा है' कहकर वह भी ईश्वर को समर्पित करें। वरना इंसान दुःख और दुविधा तो जल्दी समर्पित करता है पर आनंद अपने पास रखना चाहता है। मगर याद रखें, आनंद समर्पित नहीं हुआ तो उससे फिर आगे दुःख ही आएगा। आइए, इसे आगे दी गई घटना से समझने का प्रयास करते हैं।

रमण महर्षि लोगों से दयालुभाव से व्यवहार करते थे। गरमी के मौसम में वे अपने शिष्यों के साथ शाम को कुएँ के पास बैठते थे। एक दिन एक शिष्य रमण महर्षि के सामने जोर से रोने लगा। उसने कहा, 'मैं खतरनाक पापी हूँ। बहुत दिनों से मैं यहाँ आ रहा हूँ मगर मुझमें कोई बदलाव नहीं है। मैं शुद्ध हो सकता हूँ क्या? इसके लिए मुझे और कितने दिन इंतजार करना होगा? मैं जब आपके पास रहता हूँ तब अच्छा महसूस करता हूँ मगर जब मैं यह स्थान छोड़ता हूँ तो हैवान बन जाता हूँ।'

रमण महर्षि ने उत्तर दिया, 'आप यहाँ क्यों आए हैं? मैं आपकी क्या मदद कर सकता हूँ, जिससे आपका दुःख कम हो जाए?' रमण महर्षि की बातें सुनकर उस शिष्य का जी भर आया इसलिए वह और जोर से रोने लगा।

रमण महर्षि काफी समय उसे देखते रहे और उन्होंने कहा, 'मैं आपका गुरु हूँ और आपको दुःखमुक्त करना मेरी ज़िम्मेदारी है।' शिष्य ने कहा, 'हाँ आप मेरे गुरु हैं, मार्गदर्शक हैं, आप मुझे मेरे पापों से मुक्त करें।' रमण महर्षि ने सच्चाई जानकर उसके साथ वार्तालाप जारी रखा।

रमण महर्षि : मैं आपका गुरु हूँ तो गुरु दक्षिणा में आप मुझे क्या देंगे?

शिष्य : मेरे पास आपको देने के लिए कुछ भी नहीं है।

रमण महर्षि : इस जीवन में आपने जो अच्छा किया है, वह मुझे दे दो।

शिष्य : मैंने कुछ भी अच्छा नहीं किया है।

रमण महर्षि : आपने वादा किया था कि जो मैं माँगूँगा, आप मुझे देंगे इसलिए अब दे दो।

शिष्य : हाँ, मगर मुझे बताएँ कैसे देना है?

रमण महर्षि : दिल से कहो, 'मैंने भूतकाल में जो भी अच्छे कार्य किए हैं, वे सब गुरु को दे दिए हैं इसलिए अब मेरा उन पर कोई अधिकार नहीं है, उनसे मेरा कोई संबंध नहीं है।'

शिष्य : ठीक है, मैंने जो भी अच्छा किया था, वह पूरा आपको दिया। अगर मैंने कुछ अच्छा किया तो इसका अच्छा परिणाम भी आपको मिले। मैं आपको यह आनंद से देता हूँ।

रमण महर्षि : अब तुम्हारे सारे पाप मुझे दे दो।

शिष्य : अगर आपको मालूम हुआ कि मुझसे क्या-क्या पाप हुए हैं तो आप मेरे पाप नहीं माँगेंगे। आप मेरे सभी पाप लेंगे तो आपका शरीर जल जाएगा। कृपया मेरे पाप मत माँगें।

रमण महर्षि : मेरे साथ क्या होगा, वह मैं देख लूँगा। मेरे बारे में चिंता मत करो। मैंने तुम्हारे अच्छे कर्म लिए हैं तो तुम्हारे पाप भी लूँगा। देने हैं तो दोनों दो, वरना दोनों अपने पास ही रखो और कभी यह मत कहना कि मैं तुम्हारा गुरु हूँ।

यह सुनकर आखिर उस शिष्य ने कहा, 'मेरे सभी पुण्य और पाप आपके हैं, उसके साथ आनेवाले परिणाम भी आपके हैं।'

तब रमण महर्षि ने उस शिष्य से कहा, 'आज के बाद तुम्हारा कोई भी कार्य न अच्छा, न बुरा, तुम अभी शुद्ध होकर कार्य करो।' इससे उस शिष्य को एक अद्भुत शांति का अनुभव महसूस हुआ और वह खुश होकर अपने आगे के कार्य में जुट गया।

इस तरह हर फल, फिर चाहे वह नकारात्मक हो या सकारात्मक, दोनों ईश्वर को समर्पित करने के बाद जो फल आएगा, वह महाफल होगा। उस फल से आसक्ति नहीं होगी, वह फल बंधन का कारण नहीं बनेगा। उसी से इंसान को संतुष्टि व मोक्ष प्राप्त होगा।

अध्याय
8

विकारों का समर्पण

अवलोकन का चमत्कार

एक मंदिर में रोज़ सुबह आरती-पूजा होती है। वहाँ के गुरुजी अपने एक शिष्य से फूल मँगवाते हैं। शिष्य दूसरे गाँव जाता जाकर, वहाँ से फूल ले आने की सेवा देता है। रोज़ शाम को वह फूल लाकर मंदिर में देता है।

एक दिन शिष्य को लौटने में रात हो जाती है इसलिए वह सोचता है, 'इतनी रात को मंदिर जाकर किसी को उठाकर फूल देने से अच्छा है, फूल घर पर ही रख लेता हूँ। दूसरे दिन सुबह फूल मंदिर में पहुँचा दूँगा।' रात को फूल घर में रखने की वजह से दिनभर घर में फूलों की महक रहती है। जिससे शिष्य को अच्छा लगता है। इसलिए अब वह रोज़ ही लौटने में देरी करने लगा। गुरुजी रोज़ पूछते हैं, 'तुमने रात को फूल पहुँचाए नहीं।' वह कहता है, 'रात को देर से आया इसलिए सोचा कि कल सुबह पहुँचा दूँगा।'

एक दिन गुरुजी ने कहा, 'अपने अंदर के विकार को पुष्टि देने के लिए तुम अपनी समर्पण साधना दुर्गंधित कर रहे हो, इसका खयाल रखो।' तब शिष्य को झटका लगा क्योंकि वह उसका वाकई सूक्ष्म विकार था।

उपरोक्त उदाहरण की तरह इंसान का मन भी विकारों में अटकता है। विकारों का समर्पण करने से वह सूक्ष्म स्तर पर जाग्रत होकर, अपने सूक्ष्म से सूक्ष्म विकार को भी पकड़ने लगता है। समर्पण का संपूर्ण ज्ञान प्राप्त होने से इंसान

अपने विकारों को तोड़ने के लिए तैयार होता है। समर्पण से विकार विलीन होते हैं।

'मैं शरीर नहीं हूँ' की समझ इंसान से विकारों का समर्पण आसानी से करवाती है। अतः विकारों को छोड़ने में डर रखने की आवश्यकता नहीं है क्योंकि उन्हें खोकर ही इंसान नया जीवन प्राप्त कर पाएगा। पुराने विकारोंभरे जीवन से नया महाजीवन कई गुना अच्छा है क्योंकि उसी में खुशी और संतुष्टि की महक छिपी है। आइए, एक और उदाहरण पर गौर करते हैं।

एक इंसान ने सब तरह के चम्मच जमा करके रखे हैं। खाना खाते वक्त उसे तरह-तरह के चम्मच से खाने से आनंद आता है। गुरुजी उससे कहते हैं, 'सारे चम्मच समर्पित करो' तो वह जमा किए हुए सारे चम्मच समर्पित करता है, सिवाय एक को छोड़कर, जो उसे सबसे प्यारा है।

उपरोक्त उदाहरण में चम्मच यानी विकार। इंसान सब छोड़ता है, क्रोध को छोड़कर। क्रोध मन की बीमारी है तो होश उसकी औषधि है। अगर होश में रहकर क्रोध का समर्पण किया तो वह विलीन होता है। क्रोध से लड़ने की नहीं बल्कि उसे पढ़ने की और होश से जानने की ज़रूरत है। अपने गुस्से को पढ़कर आपको गुस्से की सही वजह पता चलेगी। जब आप सामनेवाले को उसके बारे में बेहतर शब्दों में बताएँगे तब क्रोध न करके भी आपका काम हो जाएगा। जैसे कोई माँ जब बच्चे के तेज़ ड्रायविंग से डरकर उसे चिल्लाती है तब गुस्सा करने के बजाय वह शांत रहते हुए उसे अपने डर के बारे में अच्छे शब्दों में बता सकती है। जाग्रत होकर जब माँ शांतियुक्त प्रतिसाद देगी तथा अपने गुस्से का कारण बेटा नहीं, अपना डर बताएगी तब बच्चे के बरताव में परिवर्तन हो सकता है।

होश यानी जागरुकता, उसमें इंसान कोई गलत काम नहीं करता। कुछ क्रियाओं की इंसान को आदत हो जाती है इसलिए वे क्रियाएँ बिना होश में रहे करते रहता है। इसलिए कहा जाता है कि 'जब भी इंसान के सामने करने के लिए दो चीज़ें हों तो उसे हमेशा नए को चुनना चाहिए क्योंकि नया करने के लिए होश की आवश्यकता होती है।' होश में इंसान का ध्यान अपने चारों तरफ रहता है। होश की उच्चतम अवस्था में रहकर विकारों पर विजय प्राप्त की जा सकती है।

जब इंसान दिनभर होश में रहेगा तब वह कोई भी विकार उभरकर आने पर समर्पण के साथ सजग रहेगा। विकारों को भी ईश्वर को समर्पित करके उन्हें सजगता से देखें कि 'विकार जग रहा है यानी निश्चित क्या हो रहा है।' यह देखने से आप जानेंगे कि 'शरीर में गरमाहट, तरंग, कंपन तैयार हुई... धड़कन बढ़ गई...' इत्यादि। जैसे ही आप उस स्थान पर ध्यान देते हैं, जहाँ तरंग महसूस हो रही है तो वह गायब हो जाती है।

इस प्रयोग से दो परिणाम होंगे, एक विकार का होश में रूपांतरण होगा और दूसरा जब उसे ढूँढ़ा जाएगा तो आप पाएँगे कि वहाँ वह है ही नहीं। इस तरह से इंसान रचनात्मक तरीका इस्तेमाल करते हुए विकारों से मुक्त होगा।

विकार जगने पर अपनी साँस पर ध्यान दें। आपने देखा होगा कि जब भी कोई विकार जगता है तो हमारे साँस की गति तीव्र हो जाती है। साँस की लय खो जाती है। साँस को साधने के लिए कुछ साँसें गहरी हों और सजगता बनी रहे। लयबद्ध साँस अगर सध जाय तो विकारों पर नियंत्रण पाया जा सकता है।

अलग-अलग विकारों में हमारी साँस कैसे चलती है, यह ध्यान से देखा जाए तो उसका अभ्यास गहरा होता जाएगा। नीचे संक्षिप्त में मन के कुछ अलग-अलग विकार दिए गए हैं। इसे समझकर, हर दिन स्वयं का अवलोकन करें। देखें कि हर अवस्था में किस तरह साँस की गति कम या ज़्यादा हो रही है। इन विकारों की सूची ए-बी-सी-डी के साथ दी गई है ताकि आप उन्हें सहजता से याद कर पाएँ।

ए – ऐंगर : क्रोध

बी – बोरडम : उदासीनता

सी – कनफ्यूजन : उलझन

डी – डिप्रेशन : व्याकुलता

इ – इगो : अहंकार

एफ – फिअर : डर

जी – ग्रीड : लोभ

एच – हेट्रेड : नफरत

आय – इल-विल : द्वेष

जे – जेलसी : ईर्ष्या

    इस तरह विकारों पर हर संभव तरीके से प्रहार करके उन पर जीत हासिल की जा सकती है। उनका समर्पण करके शांत, खुशहाल और आनंदित जीवन जीया जा सकता है।

अध्याय 9

घटनाओं के प्रति समर्पण

अपने आप परोसा, ईश्वर पर भरोसा

इंसान के मन को ईश्वर की उच्चतम इच्छा के बारे में पता न होने के कारण वह समर्पण करने से घबराता है। फलतः ईश्वर से मिल रहे बेशर्त सहयोग और सीख को समझ नहीं पाता। इंसान रोज़ हो रही घटनाओं से नहीं सीखता इसलिए वे ही घटनाएँ पुनः पुनः उसके जीवन में होती रहती हैं। घटनाओं से सीखने की बजाय वह उनके विरुद्ध कार्य करता है, कौनसी घटनाएँ उसके जीवन में होनी चाहिए और कौनसी नहीं, यह सोचते रहता है, जिससे उसके जीवन में केवल नकारात्मकता ही आती है।

जैसे- किसी इंसान के पाँव में पीड़ा होने पर वह किसी से मसाज करवा रहा है और उसे कहता है, 'यहाँ थोड़ा कम दबाओ, यहाँ तकलीफ हो रही है, वहाँ दबाया तो चलेगा।' इतना ही नहीं वह अपना शरीर भी कस लेता है अर्थात मसाज के विरुद्ध कार्य करता है। आप जानते हैं, ऐसा करने से वह कभी उस पीड़ा से मुक्त नहीं हो पाएगा। बजाय इसके उसे अपना शरीर ढीला रखकर मसाज करनेवाले पर छोड़ देना चाहिए ताकि इलाज करनेवाला बेहतर तरीके से इलाज कर सके।

हकीकत में इंसान को अंतर्मन से क्या करना चाहिए और क्या नहीं, इसका मार्गदर्शन मिल रहा होता है मगर वह उस आवाज को अनसुना करके, उसके विरुद्ध क्रिया करते रहता है। जैसे- अगर किसी को रोना आ रहा हो तो वह

बलपूर्वक उसे रोकता है। क्योंकि उसे लगता है कि अगर मैं इन चार-आठ लोगों के सामने रो पड़ूँगा तो लोग मेरे बारे में क्या सोचेंगे? मानो, किसी को डॉक्टर ने सुबह जल्दी उठकर व्यायाम करने का सुझाव दिया होता है तो वह उसे आलस के कारण टाल देता है। परिणामतः बीमार पड़ जाता है। किसी को घटना में शांत रहने का संकेत आता है, फिर भी वह झगड़ा करके अपने रिश्ते बिगाड़ देता है।

ऐसे समय पर हमेशा कहें, '**अपने आप परोसा, ईश्वर पर भरोसा।**' इस मंत्र रूपी सूत्र के उपयोग से घटनाओं के प्रति होनेवाला विरोध समाप्त होकर, ईश्वर इच्छा के प्रति मन समर्पित रहता है, जिससे इंसान का संपूर्ण जीवन बदल जाता है। आइए, इसे एक कहानी द्वारा समझते हैं।

एक इंसान का आम का बगीचा था, उसमें आम का उत्पादन बहुत अच्छा होता था। वह आम लेकर शहर जाता और दूसरे व्यापारियों को बेचकर आता। उनमें एक व्यापारी का मिठाई का कारोबार था, वह उसे बदले में हमेशा बर्फी दिया करता था। वह बर्फी लेकर घर आता और सबको खिलाता। उसके दो बेटे थे, बड़ा बेटा तो बर्फी शौक से खा लेता था मगर छोटा बेटा कभी नहीं खाता था। वह बर्फी देखकर सोचता, 'पता नहीं इसका स्वाद कैसा होगा? आम की तरह मीठा होगा या सेब की तरह होगा? या कोई और स्वाद रहा, जो मुझे पसंद नहीं आया तो...।' वह हमेशा बर्फी खाने से मना कर देता क्योंकि वह मीठे आम खा-खाकर इतना परेशान हो चुका था कि कोई और मीठी चीज़ खाने को तैयार नहीं होता। पिताजी बर्फी का स्वाद कितना बढ़िया है यह जानते थे इसलिए चाहते थे कि वह बर्फी खाए मगर उसके विरोध की वजह से वे ज़्यादा बल नहीं लगाते।

एक दिन पिता और बड़ा बेटा कहीं बाहर शहर गए। जाते हुए उन्होंने जान-बूझकर छोटे बेटे को घर के अंदर ताले में बंद कर दिया और खाने-पीने की कोई चीज़ नहीं रखी सिवाय बर्फी के। उन्होंने सोचा, जब भूख लगेगी तो बर्फी खाएगा ही। उनके जाने के बाद वहाँ चोर आ गए और ताला तोड़कर अंदर घुसे तो देखा अंदर कोई बैठा हुआ है। चोरों ने उसे कुर्सी से बाँध दिया और खुद चोरी का सामान इकट्ठा करने लगे। तभी चोरों की नज़र बर्फी पर पड़ी तो वे उसे खाने की तैयारी करने लगे। यह देख छोटे बेटे को हँसी आ गई कि 'पिताजी और बड़े भाई

ने कितने जतन किए कि मैं बर्फी खाऊँगा मगर मैंने नहीं खाई। ये चोर उसे खा रहे हैं।' उसे हँसता देख चोरों को शक हुआ कि ज़रूर बर्फी में ज़हर या नशे की कोई दवा मिली हुई है तभी यह हँस रहा है। ऐसा सोचकर चोरों ने उसे वह मिठाई खाने को कहा। छोटे बेटे ने मिठाई खाने से इनकार किया तो चोरों का शक और बढ़ गया। उन्होंने जबरदस्ती उसे वह मिठाई खिला दी। वह मना करता रहा और चोर उसे बर्फी खिलाते गए। उसके ऊपर चोरों ने जो बल लगाया, उसी कारण उसे बर्फी का स्वाद मालूम पड़ा और उसे वह स्वाद बहुत अच्छा भी लगा। उसने बर्फी के बारे में जो धारणा बना ली थी, वह टूट गई। अगर बेटे ने पहले ही अपना विरोध नहीं दिखाया होता तो बर्फी का स्वाद उसे पहले ही मिल चुका होता।

इसी तरह इंसान भी, 'क्या सही है और क्या गलत', की धारणा बनाकर उस अनुसार घटना में विरोध करता है। जब घटना के बाद जीवन में सकारात्मक परिवर्तन आते हैं तब पता चलता है कि जिस चीज़ से वह भाग रहा था, दरअसल वह उतनी बुरी नहीं थी। अगर शुरुआत में ही **'अपने आप परोसा, ईश्वर पर भरोसा'** कहा होता तो जीवन में ज़्यादा दु:ख नहीं भुगतने पड़ते। समर्पण भले ही कठिन लगे लेकिन जब उसका स्वाद मिलता है तब पता चलता है वह तो अमृत समान है।

अत: घटना में विरोध करना छोड़ समर्पण का मार्ग अपनाएँ। जिसके लिए हर रोज़ सुबह उठकर यह प्रार्थना करें कि **'आज दिनभर में जो भी घटनाएँ होंगी, वे सब ईश्वर को समर्पित हैं।'** इस तरह हर घटना और उसके प्रति दिया गया प्रतिसाद ईश्वर को अर्पण करें। रात को सोते वक्त पूरे दिन की घटनाओं का विश्लेषण करके ईश्वर को धन्यवाद देकर, उन्हें स्वीकार करें। अगली बार अगर ऐसी ही घटना होती है तो उसमें यह ईश्वर इच्छा से हो रहा है, ऐसी समझ रखकर पहले से बेहतर प्रतिसाद देने का संकल्प करें।

अध्याय 10

उच्च चेतना के प्रति समर्पण

आज्ञा पालन का महत्त्व

एक शिष्य गुरु की आज्ञा अनुसार किसी मेजबान के यहाँ भोजन करने गया। भोजन के बाद जब वह आश्रम वापस लौट रहा था तब मेजबान ने उसे चार लड्डू देते हुए कहा, 'ये लड्डू आप आश्रम ले जाएँ और अपने गुरुजी को हमारी तरफ से भेंट में दें।' शिष्य लड्डू लेकर आश्रम की तरफ निकल पड़ा, उसने वे स्वादिष्ट लड्डू भोजन में खाए थे और मीठा खाना उसे बहुत पसंद था।

राह में लड्डू लेकर जाते वक्त उसके मन में तरह-तरह के विचार आने लगे। जैसे- लड्डू कितने स्वादिष्ट हैं... मैं ही सभी लड्डू खा लूँ तो... ऐसे लड्डू कभी-कबार ही मिलते हैं इत्यादि। तभी उसे याद आया कि आश्रम में कोई भी गुरुजी के लिए कुछ लाता है तो गुरुजी उसमें से आधा उसे ही वापस कर देते हैं। वह सोचता है, 'इन चार लड्डुओं में से दो लड्डू तो वैसे भी मुझे ही मिलनेवाले हैं। जब ये लड्डू बाद में मैं ही खानेवाला हूँ तो मैं इन्हें अभी खा लेता हूँ।' ऐसा सोचकर शिष्य दो लड्डू खा लेता है।

थोड़ी देर बाद उसे लड्डू का स्वाद फिर से परेशान करने लगता है। वह सोचता है, 'गुरुजी को तो मालूम ही नहीं कि मुझे चार लड्डू मिले या दो। उन्हें दो लड्डू दूँगा तो उनमें से वे एक मुझे वापस देंगे।' यह सोचकर शिष्य एक और लड्डू भी खा लेता है। जैसे ही वह आश्रम के नज़दीक पहुँचता है, वह आधा लड्डू और खा लेता है। आश्रम के दरवाजे पर पहुँचकर वह शर्मिंदा होता है कि

गुरुजी को आधा लड्डू कैसे दूँ? इसलिए वह बचा हुआ लड्डू भी खा लेता है। इस तरह वह अपने मन के बहकावे में आकर सारे लड्डू खा लेता है।

जब वह गुरुजी के पास जाता है तब वे पूछते हैं, 'मेजबान ने मेरे लिए क्या भेजा है?' जिसके जवाब में वह कपटमुक्त होकर लड्डू के विषय में सारी बात बता देता है। यह सुनकर गुरुजी उसके कपटमुक्त होने पर उसे शाबाशी देते हैं और साथ ही यह आज्ञा देते हुए कहते हैं, 'जो हुआ, उसे बदल नहीं सकते किंतु अब एक साल तक तुम्हें मीठा खाने से परहेज करना है।'

इस कहानी में गुरुजी ने जिस शिष्य को मीठा अत्यधिक पसंद था, उसे मीठा न खाने की आज्ञा दी क्योंकि वे उसके समर्पण भाव को परखना चाहते थे। वे देखना चाहते थे कि शिष्य मीठा खाने को ज़्यादा महत्त्व देता है या सत्य प्राप्ति को। शिष्य गुरु आज्ञा का पालन करने को तैयार हो जाता है क्योंकि वह जानता है कि गुरु उसकी वृत्तियों को तोड़ना चाहते हैं। इस बार वह अपने मन की न सुनते हुए, गुरु आज्ञा के प्रति पूर्ण समर्पण करता है।

सत्य प्राप्ति के मार्ग में अकसर ऐसा होता है कि शिष्य का मन गुरु आज्ञा के प्रति पूर्ण समर्पित होने से बचना चाहता है। माया के प्रति मोह के कारण मन को लगता है कि 'मैं पूर्ण समर्पण करूँगा तो मुझे सुविधाएँ नहीं मिलेंगी, मेरा कोई वजूद नहीं रहेगा'... आदि सोचकर शिष्य आधा समर्पण करता है अर्थात कभी गुरु की सुनता है तो कभी मन की, जिससे उसे वह (उच्चतम) लाभ नहीं मिलता, जो मिलना चाहिए था। इस आधे समर्पण के लिए उसके पास बहुत सारे तर्क होते हैं। परंतु ऐसा आधा समर्पण मन के प्रति और आधा गुरु आज्ञा के प्रति करने से अंततः इंसान का नुकसान ही होता है।

जैसे– गुरु आज्ञा मिली होती है कि 'रोज़ ध्यान करो' तो मन कहता है, 'एक दिन ध्यान नहीं किया तो क्या फर्क पड़ता है, रोज़ ही ध्यान क्यों करना चाहिए?' मन की सुनकर इंसान अपनी उच्चतम संभावनाओं को आगे ढकेलता रहता है। मनमानी करके वह अपना ही नुकसान करते रहता है। आइए, इसे और एक उदाहरण से समझते हैं।

एक चित्रकार ज्ञान की खोज में किसी आश्रम में जाया करता था। अपनी कला के माध्यम से वह आश्रम को अपनी सेवाएँ देना चाहता था। उसे गुरु द्वारा ऐसा चित्र बनाने की आज्ञा मिली, जिसे देखते ही लोगों को यह स्पष्ट हो जाए कि पूरी पृथ्वी के लोग प्रेम, आनंद और शांति के लिए खुल रहे हैं, खिल रहे हैं। जिसमें पृथ्वी का चित्र है और उस पर ऊपर से सफेद रोशनी आ रही है। पृथ्वी से सुनहरी किरणें उभर रही हैं और दोनों का सुंदर संगम पूरे पृथ्वी पर हो रहा है।

कई दिनों के बाद भी उस चित्रकार का कार्य पूर्ण नहीं हो पाया तब गुरुजी ने कारण पूछा। उसने बताया कि उसे चित्र बनाने का भाव ही नहीं आ रहा है। वह अपने तरीके से चित्र को प्रस्तुत करना चाहता है। यह सुनकर गुरु ने उसे कहा, 'तुम्हारे पास जितने भी चित्र हैं, कल उन सबको आश्रम में लेकर आना। गुरुपूर्णिमा का त्योहार आ रहा है, उस दिन उन सब चित्रों को जलाया जाएगा।' असल में गुरुजी का उसके चित्र को नष्ट करने का कोई इरादा नहीं था बल्कि गुरु जानना चाहते थे कि चित्रकार आध्यात्मिक खोज और गुरु आज्ञा के प्रति कितना समर्पित है। मगर वह उस परीक्षा की कसौटी में खरा साबित नहीं हो पाया। उसने गुरु आज्ञा का पालन नहीं किया और वह वापस कभी आश्रम में नहीं आया। चित्र लेकर आने के बाद क्या होगा, इसका अनुमान लगाकर वह मुक्ति के मार्ग से भटक गया।

उपरोक्त उदाहरण से समझें कि कभी-कभी गुरु, शिष्य के लिए जान-बूझकर कठिनाइयाँ निर्माण करते हैं। शिष्य को कुछ सिखाने अथवा उसका गुरूर तोड़ने हेतु यदि उसे कड़वे शब्द कहने पड़े, सख्त बरताव करना पड़ा तो भी गुरु हिचकिचाते नहीं। पुराने जमाने में झेन मास्टर्स अपने शिष्यों को सिखाने के लिए लकड़ी का भी इस्तेमाल किया करते थे। क्योंकि गुरु आज्ञा का उद्देश्य केवल शिष्य के अहंकार को तोड़कर, उसकी आध्यात्मिक उन्नति करना ही होता है। हालाँकि इस प्रक्रिया से शिष्य के मन में गुरु के प्रति गलतफहमी पैदा हो सकती है। इसलिए शिष्य को अपने गुरु और उनकी आज्ञा के प्रति सदैव श्रद्धा होना अत्यंत आवश्यक है।

जब इंसान गुरु आज्ञा पालन का महत्त्व नहीं समझता तब वह अपना तो

नुकसान करता ही है, साथ ही अपने आस-पास के लोगों का भी नुकसान करता है। अतः गुरु अपने शिष्य को जो भी आज्ञा देते हैं, वह उसकी गलत वृत्तियों के बंधन से मुक्त करने हेतु ही देते हैं। अगर शिष्य उच्च चेतना का आदेश और महत्त्व समझ जाए तो वह खुद के अंदर कई उच्च संभावनाओं का निर्माण कर पाएगा। वह अपना आचरण अच्छा रखकर दूसरों के लिए भी सकारात्मक प्रेरणा का स्त्रोत बनेगा। जिससे उसका जीवन प्रेम, आनंद तथा शांति से भर जाएगा।

अध्याय
11

समर्पण- सराहना और प्रतिसाद

ईश्वर कभी गलती नहीं करता

जब तक इंसान में कर्ताभाव जीवित रहता है तब तक वह बोझ, तनाव, दुःख, परेशानी से घिरा होता है। इन सबसे मुक्ति का आसान तरीका है 'समर्पण।' जिसके बाद सारे बोझ समाप्त हो जाते हैं क्योंकि मन को अब यह समझ मिलती है कि सारे कार्य अकर्ता भाव से होते हैं। इसलिए समर्पण के बाद इंसान के कार्य करने का तरीका ही बदल जाता है। अब वह ईश्वर की इच्छा समझकर, उसकी सराहना करते हुए घटनाओं में नया प्रतिसाद देता है। अब उसका मन मनमानी न करते हुए कार्य करता है। इसे ही 'ईश्वर की उच्चत्तम सराहना' कहा गया है।

'जो भी घटना हो रही है, वह ईश्वरीय इच्छा से हो रही है और ईश्वर कभी गलती नहीं करता', इस समझ के बाद इंसान के जीवन में सराहना के अलावा कुछ नहीं बचता। वह पाता है कि रात को सिरहाने पर सिर रखकर सोने तक यानी सुबह से लेकर रात तक उससे सराहना ही सराहना हो रही है। सराहना सिर्फ शब्दों में होती है, ऐसा नहीं है। समर्पण के बाद इंसान की हर क्रिया सराहना है। जैसे- किसी की मदद करना, किसी के लिए प्रार्थना करना सराहना है। मानो, अब सब कुछ ईश्वरीय इच्छा अनुसार ही चल रहा है।

ज्ञान से इंसान को समझ मिलती है कि घटनाओं में चाहे मनचाहा परिणाम दिखाई न दे, फिर भी समर्पण से अपना कार्य करना जारी रखना है। जैसे- किसी के शरीर में वात, पित्त का तालमेल बिगड़ जाने पर उसे मिश्री खिलाई जाती है।

मगर पित्त ज़रूरत से ज़्यादा बढ़ जाने से उसे मिश्री फीकी लगने लगती है। इसके बावजूद उसने मिश्री चूसते रहना चाहिए ताकि पित्त ठीक हो जाए। अन्यथा इंसान 'मिश्री मीठी नहीं है', कहकर पुराना प्रतिसाद दे (मिश्री थूक) सकता है। बजाय इसके कुछ समय तक मिश्री चूसते रहने के बाद ही वह कह पाएगा, 'अब मिश्री मीठी लग रही है।' इसी तरह जब घटना हो रही होती है तब इंसान को दिखता नहीं है कि इससे कुछ अच्छा होनेवाला है किंतु अगर वह सही प्रतिसाद देता रहे, सराहना करता रहे तो कुछ कालांतर के बाद उस घटना का सकारात्मक परिणाम दिखाई देने लग जाएगा।

इंसान के जीवन में कई घटनाएँ होती हैं। वह अलग-अलग घटनाओं के लिए एक विशिष्ट तरह का प्रतिसाद निर्धारित कर चुका होता है। जिस प्रतिसाद से उसे सफलता मिलती है, वह वही प्रतिसाद हमेशा देते रहता है। जैसे- जब सामनेवाला उसकी बात नहीं मानता तब उस पर क्रोध करेगा, कोई उसे आढ़ा-टेढ़ा कुछ कहेगा तो वह उसे उसी तरह से जवाब देगा, किसी के कुछ काम देने पर वहाँ से पलायन करेगा या कुछ बहाना बनाएगा, कुछ घटनाओं में झूठ बोलेगा इत्यादि। इस तरह इंसान छोटे-मोटे फायदों के लिए अलग-अलग प्रतिसाद तय कर चुका होता है।

जिससे किसी को पाँच या दस प्रतिशत सफलता मिलती है मगर मन के लिए उतना काफी होता है। फिलहाल के चक्कर में मन खुश होता है, उसे कुछ तो मिलता है लेकिन कुछ नया नहीं मिल रहा, यह वह समझ नहीं पाता। मन नया प्रतिसाद देना नहीं चाहता क्योंकि उसे लगता है, पता नहीं नए प्रतिसाद से उसे कुछ मिलेगा कि नहीं? इसलिए वह पुरानावाला प्रतिसाद ही दोहराते रहता है।

जैसे एक गुलाम भी समर्पित होता है और एक दास भी। जो गुलाम बनकर समर्पित होता है, वह हर कार्य रो-धोकर, अंदर ही अंदर कुढ़कर करता है। जबकि दास कार्य करते हुए, कार्य देनेवाले के प्रति एहसानमंद रहता है। गुलाम को परिणाम में तकलीफें, बीमारियाँ ही आएँगी, जबकि दास समर्पण का अंतिम उद्देश्य और आनंद प्राप्त करता है।

इसलिए मन को समर्पण का ज्ञान देकर नया प्रतिसाद देने के लिए राज़ी

करना होगा। इसी से जीवन की समस्याएँ सुलझेंगी। पुराने ढाँचे के विपरीत प्रतिसाद देने से जीवन में नई चीज़ें आएँगी। जिनके प्रति इंसान का मन आश्चर्य से भर जाएगा।

आज से सैंकड़ों साल पहले की बात है, जब गुरु गोविंद सिंग, सिक्ख संप्रदाय के दसवें गुरु थे। ईश्वर के प्रति उनका प्रेम अगाध और निरंतर था। उनके अंदर एक गहरे समर्पण का भाव भी था। उनके सभी शिष्यों में इस बात की सदा उत्सुकता बनी रहती थी कि अब गुरुजी अगली शिक्षा क्या देनेवाले हैं।

एक बार उन्होंने अपने प्यारे अनुयाइयों को आज्ञा दी कि 'हरेक शिष्य को लंगर लगाना चाहिए, जिसमें सभी यात्री और मेहमान भोजन कर सकें। किसी के दरवाजे से कोई भी भूखा नहीं लौटना चाहिए।'

गुरु गोविंद सिंग जानना चाहते थे कि उनके शिष्य हर समय सेवा के लिए तत्पर रहते हैं या नहीं? इसलिए एक दिन सुबह बड़े सवेरे गुरु गोविंद सिंग खुद एक मामूली यात्री का वेश बनाकर, मैले कुचैले कपड़े पहनकर घर से निकले, जिससे कोई उन्हें पहचान न पाए।

वे अपने शिष्यों के घर थोड़े अटपटे समय पर पहुँचे। सुबह हो रही थी, शिष्य अभी जागकर अपने दिन की तैयारियों में लगने ही वाले थे। गुरु गोविंद सिंग ने एक शिष्य का दरवाजा खटखटाया और कहा, 'माफ़ कीजिए, मैं एक गरीब मुसाफिर हूँ। क्या आपके पास थोड़ी रोटियाँ और दाल मिलेगी, जिससे मैं अपनी भूख शांत कर सकूँ?' उस शिष्य ने कहा, 'अरे! अभी तो दिन ही उगा है, तुम ज़रा जल्दी ही आ गए। माफ़ करना, अभी तो हमारे पास आपको खिलाने लायक कुछ भी नहीं है। थोड़ी देर में खाना बन जाएगा तब हम आपको खाना दे सकते हैं।'

गुरु गोविंद सिंग अपने प्रिय शिष्यों को कभी न भूलने लायक सबक सिखाना चाहते थे। वे उन्हें दिखा देना चाहते थे कि उनके शिष्य अभी भी थोड़े खुदगर्ज (स्वार्थी) हैं और उन्हें पूरी तरह से निःस्वार्थ सेवक बनने में समय लगेगा। वे अभी भी दूसरों की सेवा के लिए किसी भी क्षण तैयार रहनेवाले नहीं बने हैं। इसलिए वे अगले घर की ओर बढ़ गए।

गुरु गोविंद सिंग ने अगले घर का दरवाजा खटखटाया और कहा, 'माफ़ कीजिए, सुबह-सुबह आपको तकलीफ दे रहा हूँ। क्या आपके यहाँ थोड़ी दाल बची होगी? उसे खाकर मैं अपनी भूख बुझा सकूँ।' उस घर में रहनेवाले शिष्य ने कहा, 'माफ़ करना भाई, आप तो बहुत जल्दी आ गए हैं। दाल को पकने में तो बहुत वक्त लगता है। हमें आपको खाना खिलाकर बहुत ख़ुशी होती मगर आप थोड़ी देर बाद आइए।'

ऐसा करते-करते आखिर वे एक शिष्य के घर जा पहुँचे, जिसका नाम नंदलाल था। वह एक विद्वान कवि था और गुरु का सच्चा भक्त भी। वह गुरु गोविंद सिंग से आयु में २३ साल बड़ा था, फिर भी वह गुरुजी से बहुत प्रभावित था और उनका भक्त बन चुका था। वह समर्पण और प्रेम की मूरत था, जिसे हमेशा गुरु चरणों के दर्शन की अभिलाषा रहती थी।

नंदलाल ने अपने घर आए मेहमान को देख तुरंत बाहर आकर स्वागत करते हुए कहा, 'आओ मित्र, आपका स्वागत है।' नकली वेश बनाए हुए गुरु गोविंद सिंग ने कहा, 'श्रीमान मुझे माफ़ करना... !' किंतु नंदलाल ने उनको बीच में ही रोककर कहना शुरू कर दिया, 'अरे आप अंदर तो आइए, कृपया पहले बैठकर थोड़ा आराम तो कर लीजिए।' गुरु गोविंद सिंग ने कहा, 'मैं तो एक मामूली यात्री हूँ। क्या आपके पास कुछ खाने के लिए है? मुझे बहुत भूख लगी है।' नंदलाल ने तुरंत, बिना झिझके जवाब दिया, 'श्रीमान आपको माँगने की कोई ज़रूरत नहीं, खाना बस आ ही रहा है।'

नंदलाल सेवा का अवसर मिलने से ही इतना खुश हो गया था कि वह तुरंत जो कुछ भी जुटा पाया, लेकर आ गया। कुछ तले हुए गुलगुले, अधपकी दाल, कुछ कच्ची सब्जियाँ और थोड़ा मक्खन, ये सब उसने बड़े सम्मान और सद्‌भावना के साथ अपने मेहमान के सामने रखा।

नंदलाल ने बड़े समर्पित भाव से कहा, 'जल्दी में जो कुछ भी मैं जुटा पाया हूँ, उससे ही काम चला लीजिए, फिर भी आप चाहें तो मैं फटाफट आटे की लोई को बेलकर गरमा-गरम चपातियाँ बना देता हूँ, दाल भी अभी गल जाएगी और स्वादिष्ट सब्जियाँ बनाने में भी मुझे अधिक देर नहीं लगेगी। आपने मेरे घर आकर,

मुझे कुछ सेवा करने का मौका तो दिया, यही मेरे लिए बड़ी इज्जत की बात है। कृपया आराम से खाने का आनंद लीजिए।'

गुरु गोविंद सिंग यह देखकर बहुत खुश हो गए। उन्होंने भरपेट खाना खाया। क्योंकि उस खाने में प्रेम की शक्ति मिली हुई थी। भाई नंदलाल ने गुरु गोविंद सिंग की इस आज्ञा का हृदय से पालन किया था कि 'तुम्हारे घर से कोई भी भूखा नहीं लौटना चाहिए।' अतः जो भी मुसाफिर आकर नंदलाल का दरवाजा खटखटाता, वह पूरा संतुष्ट होकर ही लौटता।

अगली सुबह गुरु गोविंद सिंग ने सबको बुलाकर कहा, 'अतिथि की सेवा-सत्कार के लिए हमारे पूरे शहरभर में केवल एक ही सही लंगर चलता है और वह है भाई नंदलाल का घर। नंदलाल समर्पण से प्रतिसाद देकर सबको खाना खिलाते हैं। इस मायने में भाई नंदलाल का लंगर वाकई कामयाब है।'

यह सुनकर सभी शिष्य समझ गए कि उनके प्यारे गुरु गोविंद सिंग, उनका इम्तिहान लेने के लिए ही निकले थे।

कहानी का तात्पर्य कहता है कि जब आप निःस्वार्थ अवस्था में पहुँच जाते हैं तब आपको किसी बहाने की ज़रूरत ही नहीं रहती। आप हरेक स्थिति में प्रसन्न रहते हैं। यही है समर्पण का जादू, जिसमें रहकर इंसान किसी भी स्थल और काल में सही प्रतिसाद देते हुए कार्य के लिए तत्पर रहता है।

अध्याय 12

भक्ति की शक्ति का असर

प्रेम से प्रेम करने की कला

सत्य के प्यासे इंसान की यात्रा खोजी बनकर शुरू होती है, जिसमें पहले वह शिष्य बनता है और अंत में उसे भक्त की अवस्था प्राप्त होती है। इस यात्रा में पहले खोजी, 'मैं ज्ञान को खोजना चाहता हूँ' के भाव से खोज शुरू करता है। फिर थोड़ा ज्ञान प्राप्त करके वह शिष्य बनता है। अब उसे सत्य शीश (मस्तिष्क) से पता चलने लगता है और जब उसे ईश्वर पर पूर्ण रूप से विश्वास हो जाता तब वह सत्य के साथ जीवन जीकर भक्त बन जाता है।

भक्ति से संपूर्ण समर्पण आसान होता है किंतु खोजी से भक्त की इस यात्रा में इंसान का मन बार-बार उसे सत्य के मार्ग से भटकाता है। ज्ञान मार्ग पर एक समय ऐसा आता है, जब मन 'मुझे सब मालूम है' कहकर ज्ञान पर भी अपना अधिकार जमाना चाहता है। वह ज्ञान को हथियार बनाकर पूरी तरह समर्पण नहीं कर पाता। जिस वजह से उसकी ज्ञान प्राप्ति की यात्रा रुक जाती है इसलिए भक्ति की अवस्था आनी आवश्यक है।

भक्त का अर्थ ही 'भक्ति इन ऐक्शन।' अर्थात बाहर जो भी घटनाएँ हो रही हों, फिर भी भक्त ईश्वर पर विश्वास रख पाता है। वह जानता है कि 'सब ईश्वर के हाथ में है और ईश्वर से गलती नहीं होती।'

ज्ञानी के साथ इसके विपरीत घटता है। जब वह रात को सोया होता है और मच्छर आकर उसके कान में आवाज करता है या उसे काटता है तब अभक्त तुरंत

मच्छर को अपना दुश्मन समझकर उसे कोसने लगता है। भक्त के साथ भी वही घटना होती है तो वह कहता है, 'यह मच्छर कितना कृपालू, कृपा निदान है। कान में आकर कहता है कि ज़्यादा मत सोओ, थोड़ी उपासना करो, ध्यान करो।' भक्त असामान्य घटना को भी मौका बनाता है।

इसलिए इंसान को चाहिए कि वह सजगता के साथ मन का दर्शन करे और उसके बहकावे में आने से बचे। इंसान ने अगर ईश्वर के प्रति समर्पण का महत्त्व समझा है तो भक्ति की जीत होगी। आइए, इस आशय को एक कहानी के माध्यम से समझते हैं।

एक बड़ी नदी के पार नाग देवता रहते हैं। वह इच्छाधारी नाग है और उसके पास एक मणि है। नदी के इस पार चार लोग हैं, जो उस मणि को पाने की चाहत रखते हैं। अतः वे चारों उसे पाने के लिए अलग-अलग प्रयोग करते हैं।

पहला इंसान मणि पाने हेतु नदी के उस तरफ जाने के लिए तैरना सीखकर अपनी शक्ति को बढ़ाता है ताकि उस पार पहुँचने में यदि देर लगे तो रास्ते में थककर कहीं डूब न जाए। इसलिए वह रोज़ तैराकी का प्रशिक्षण लेकर अपनी ताकत बढ़ाता है। साथ ही वह मंत्र और बीन बज़ाना भी सीखता है ताकि नाग से मणि प्राप्त कर सके।

दूसरा इंसान लकड़ियाँ जमा करके नाव बनाना सीखता है, जिसके ज़रिए वह नदी पार कर सके। साथ ही मंत्र और बीन बज़ाना भी सीखता है।

तीसरा उस नाविक से मित्रता करता है, जिसे बीन बज़ाना आता है और नागमणि का मंत्र भी उसे मालूम है। ताकि वह नाव में जाते-जाते बीन बज़ाना और मणि मंत्र भी सीख पाए और उस पार भी पहुँच पाए।

उपरोक्त उदाहरण में मणि संपूर्ण समर्पण का प्रतीक है। पहला इंसान खोजी की तरह अपनी ताकत का इस्तेमाल कर अपने शरीर को तपाता है। दूसरा शिष्य की तरह मस्तिष्क का इस्तेमाल करके नाव बनाने के लिए तकनीक सीखता है।

तीसरे ने भक्त की तरह नाविक से ही मित्रता की, सब उस पर ही छोड़ दिया। इससे उसका कार्य आसान हो गया।

मगर एक चौथा भक्त भी होता है, जिसकी भक्ति की शक्ति काम आती है। चौथे इंसान ने उस किनारे पर नागदेवता की भक्ति की, उसकी भक्ति की वजह से इच्छाधारी नाग एक सामान्य इंसान का रूप धारण करके उसके पास ही आ गया। इस तरह चौथे प्रकार के इंसान ने भक्ति में पूर्ण समर्पण करके नाग देवता को प्रसन्न किया।

भक्ति का अर्थ ही है प्रेम से प्रेम होना। ईश्वर प्रेम है और प्रेम ही ईश्वर है। ईश्वर से प्रेम होने के बाद इंसान अपना सब कुछ उसे अर्पण करके अहंकाररहित होकर भक्ति की ऊँचाइयों को छू सकता है। ईश्वर की भक्ति इंसान के अंदर अटूट विश्वास निर्माण करने में मददगार साबित होती है।

जो ईश्वर के सच्चे भक्त होते हैं, उनका विश्वास कभी डगमगाता नहीं। उनकी भक्ति बेशर्त व बेशक होती है। अर्थात उसमें कोई शर्त नहीं होती कि 'ईश्वर मेरी माँग पूरी करेगा तो ही मैं भक्ति करूँगा।' उसके लिए तो भक्ति ही सबसे खूबसूरत तोहफा है, उसी से ही भक्त के अंदर सच्चा प्रेम और अटूट विश्वास जगता है।

होलिका और भक्त प्रल्हाद की कहानी सबको पता होगी। भक्त प्रल्हाद ईश्वर के प्रति समर्पित होने से उसे कोई किसी भी तरह से मार नहीं पाया। उसके पिता हिरण्यकश्यप ने काफी कोशिश करने के बावजूद भी वे असफल रहे। इसी आशय की कहावत भी सभी जानते होंगे कि **'जिसे ईश्वर बचाना चाहता हो, उसे कोई मार नहीं सकता।'**

आखिरी कोशिश करने के लिए हिरण्यकश्यप ने होलिका राक्षसिनी की मदद से प्रल्हाद को मारने की योजना बनाई। होलिका के पास एक ऐसी शॉल थी, जिसे पहनकर आग में बैठे तो अग्नि उसे नहीं जलाएगी, ऐसा उसे वरदान मिला था। हिरण्यकश्यप ने होलिका से कहा, 'तुम प्रल्हाद को अपनी गोद में बिठाकर आग में बैठो। इससे वह बच नहीं सकेगा, अग्नि उसे जला देगी।'

राज्य के सारे लोग, जो प्रल्हाद से प्यार करते थे, यह देखकर दु:खी हुए कि अब प्रल्हाद नहीं बच पाएगा। मगर भक्त प्रल्हाद शांत समर्पण की अवस्था में होलिका की गोद में बैठा रहा। जिसका अंतिम परिणाम सभी जानते हैं।

ईश्वर के प्रति समर्पित भक्त प्रल्हाद की जीत हुई और होलिका की हार। फिर भी होलिका को आज पवित्र माना जाता है क्योंकि अंतिम क्षणों में उसका हृदय परिवर्तन हो गया। समर्पित भक्त के संपर्क में आकर उसका उद्धार हुआ। यह ईश्वर के प्रति समर्पण भाव का ही नतीजा था कि भक्त प्रल्हाद का नया जन्म हुआ और होलिका को भी मुक्ति मिली।

भक्ति में इतनी शक्ति होती है कि होलिका की तरह भक्त ईश्वर के प्रति समर्पण की ज्ञानाअग्नि में अपनी वृत्ति, गलत आदतों को आग में भस्म करने को तैयार हो जाता है।

अध्याय 13

समर्पण और सराहना ध्यान

भक्ति से मिटे मन का अज्ञान

एक इंसान श्रीगणेशजी का परम भक्त था, उसका व्यापार के सिलसिले में अकसर अलग-अलग जगह आना-जाना लगा रहता था। वह कहीं भी जाता तो वहाँ के गणेशजी के मंदिर जाना कभी नहीं भूलता। किसी भी गाँव में जाता तो वह गणेशजी की पूजा-आरती करके, उन्हें भोग लगाने के बाद ही कुछ खाता-पीता था।

एक बार वह जिस स्थान पर गया, वहाँ उसे दूर-दूर तक गणेशजी का मंदिर नहीं मिला। खाने के लिए भी उसके पास सिर्फ गुड़ ही था। बहुत तेज़ भूख लगने पर उसे एक उपाय सूझा और उसने पूरे गुड़ से गणेश की मूर्ति बनाई। फिर सोचने लगा कि अब भोग कैसे लगाऊँ? तब उसने गुड़ से बने गणेश की मूर्ति में से ही थोड़ा गुड़ निकालकर भोग लगाया और उसे प्रसाद के रूप में खा लिया।

यह कहानी इशारा करती है कि ईश्वर, प्रसाद और प्रसाद चढ़ानेवाला तीनों जब एक हो जाते हैं तब संपूर्ण समर्पण होता है। इसी तरह इंसान जब ईश्वर को तन, मन, धन समर्पित कर, ईश्वर से एकरूप हो जाता है तब भक्त और भगवान दो अलग नहीं रहते। इसका अनुभव करने के लिए आइए, समर्पण और सराहना ध्यान करना सीखें।

आँखें बंद करने से पहले नीचे दिए गए मुद्दों को क्रम अनुसार पढ़कर पहले समझ लें, फिर ध्यान में बैठें।

१. अपनी आँखें बंद कर, ऊँगली और अंगूठे को मिलाकर ध्यान मुद्रा में ऐसे बैठें जैसे सब कुछ ईश्वर को समर्पित किया है।

२. मनन करें कि आपके हर कार्य किस भाव से होते हैं- मज़बूरी और असमर्पण से या आनंद और समर्पण से।

३. वर्तमान में जो भी हो रहा है, उसे ईश्वर के हाथ में सौप दें। जैसे- साँस चले, न चले, साँस लंबी हो, छोटी हो सब समर्पित है। गरमी हो रही है या सर्दी लग रही है, हरेक स्थिति का पूर्ण समर्पण के साथ अनुभव करें।

४. समर्पण भाव को बढ़ाने के लिए अपना पसंदीदा समर्पण भजन गुनगुनाएँ।

५. जीवन में हो रही घटना के विरुद्ध बल न लगाएँ। मन के समर्पण के लिए विरोध समाप्त होने का अनुभव करें। घटना के प्रति कोई प्रतिकार, विरोध न रखें। ईश्वर की इच्छा स्वीकार है, इसी भाव में रहें।

६. सराहना, आश्चर्य, खुशी की भावना को महसूस करें। समर्पण के साथ सराहना भाव में रहें।

७. 'तुम्हें जो लगे अच्छा, वही मेरी इच्छा' इस वाक्य को दोहराएँ। यह दोहराते हुए अपनी जगह पर खड़े होकर धीरे-धीरे गोल-गोल घूमते हुए समर्पण भाव धारण करें।

८. हाथ उठाकर या हाथ जोड़कर जिस भी स्थिति में समर्पण के भाव जगते हैं, उसे ग्रहण करें। कुछ समय यह एहसानमंदी के भाव, कृपा और मनन से जगे प्रेम को धीरे-धीरे अपने चारों ओर धारण करें।

९. 'तुम्हें जो लगे अच्छा, वही मेरी इच्छा' इस भाव में रहते हुए कुछ समय बाद अपनी आँखें खोलें।

इस ध्यान में हमें जो अनुभव मिले, जो समझ मिली, जो ताजगी, आंतरिक शक्ति हमने प्राप्त की, उस पर ज़रूर मनन करें। इस ध्यान के साथ आप देखेंगे

समर्पण करना आसान हो गया। आगे जब भी मन में नकारात्मक और असमर्पण के विचार उठें तो यह ध्यान ज़रूर करें क्योंकि समर्पण करने से अहंकार मिट जाता है और जीवन आशीर्वाद बन जाता है।

● ● ●

यह पुस्तक पढ़ने के बाद आप अपना अभिप्राय (विचार सेवा) इस पते पर भेज सकते हैं
... *Tejgyan Global Foundation, Pimpri Colony Post office, P.O. Box 25, Pune - 411 017. Maharashtra (India).*

सरश्री अल्प परिचय

स्वीकार मंत्र मुद्रा

सरश्री की आध्यात्मिक खोज का सफर उनके बचपन से प्रारंभ हो गया था। इस खोज के दौरान उन्होंने अनेक प्रकार की पुस्तकों का अध्ययन किया। इसके साथ ही अपने आध्यात्मिक अनुसंधान के दौरान अनेक ध्यान पद्धतियों का अभ्यास किया। उनकी इसी खोज ने उन्हें कई वैचारिक और शैक्षणिक संस्थानों की ओर बढ़ाया। इसके बावजूद भी वे अंतिम सत्य से दूर रहे।

उन्होंने अपने तत्कालीन अध्यापन कार्य को भी विराम लगाया ताकि वे अपना अधिक से अधिक समय सत्य की खोज में लगा सकें। जीवन का रहस्य समझने के लिए उन्होंने एक लंबी अवधि तक मनन करते हुए अपनी खोज जारी रखी। जिसके अंत में उन्हें आत्मबोध प्राप्त हुआ। आत्मसाक्षात्कार के बाद उन्होंने जाना कि अध्यात्म का हर मार्ग जिस कड़ी से जुड़ा है वह है- समझ (अंडरस्टैण्डिंग)।

सरश्री कहते हैं कि 'सत्य के सभी मार्गों की शुरुआत अलग-अलग प्रकार से होती है लेकिन सभी के अंत में एक ही समझ प्राप्त होती है। 'समझ' ही सब कुछ है और यह 'समझ' अपने आपमें पूर्ण है। आध्यात्मिक ज्ञान प्राप्ति के लिए इस 'समझ' का श्रवण ही पर्याप्त है।'

सरश्री ने ढाई हज़ार से अधिक प्रवचन दिए हैं और सौ से अधिक पुस्तकों की रचना की हैं। ये पुस्तकें दस से अधिक भाषाओं में अनुवादित की जा चुकी हैं और प्रमुख प्रकाशकों द्वारा प्रकाशित की गई हैं, जैसे पेंगुइन बुक्स, हे हाऊस पब्लिशर्स, जैको बुक्स, हिंद पॉकेट बुक्स, मंजुल पब्लिशिंग हाऊस, प्रभात प्रकाशन, राजपाल अ‍ॅण्ड सन्स इत्यादि।

तेजज्ञान फाउण्डेशन – परिचय

तेजज्ञान फाउण्डेशन आत्मविकास से आत्मसाक्षात्कार प्राप्त करने का एक रास्ता है। इसके लिए सरश्री द्वारा एक अनूठी बोध पद्धति (System for Wisdom) का सृजन हुआ है। इस पद्धति को अन्तर्राष्ट्रीय मानक ISO 9001:2015 के आवश्यकताओं एवं निर्देशों के अनुरूप ढालकर सरल, व्यावहारिक एवं प्रभावी बनाया गया है।

इस संस्था की बोध पद्धति के विभिन्न पहलुओं (शिक्षण, निरीक्षण व गुणवत्ता) को स्वतंत्र गुणवत्ता परीक्षकों (Quality Auditors) द्वारा क्रमबद्ध तरीके से जाँचा गया। जिसके बाद इन पहलुओं को ISO 9001:2015 के अनुरूप पाकर, इस बोध पद्धति को प्रमाणित किया गया है।

फाउण्डेशन का लक्ष्य आपको नकारात्मक विचार से सकारात्मक विचार की ओर बढ़ाना है। सकारात्मक विचार से शुभ विचार यानी हॅपी थॉट्स (विधायक आनंदपूर्ण विचार) और शुभ विचार से निर्विचार की ओर बढ़ा जा सकता है। निर्विचार से ही आत्मसाक्षात्कार संभव है। शुभ विचार (Happy Thoughts) यानी यह विचार कि 'मैं हर विचार से मुक्त हो जाऊँ।' शुभ इच्छा यानी यह इच्छा कि 'मैं हर इच्छा से मुक्त हो जाऊँ।'

ज्ञान का अर्थ है सामान्य ज्ञान लेकिन तेजज्ञान यानी वह ज्ञान जो ज्ञान व अज्ञान के परे है। कई लोग सामान्य ज्ञान की जानकारी को ही ज्ञान समझ लेते हैं लेकिन असली ज्ञान और जानकारी में बहुत अंतर है। आज लोग सामान्य ज्ञान के जवाबों को ज़्यादा महत्त्व देते हैं। उदाहरण के तौर पर कर्म और भाग्य, योग और प्राणायाम, स्वर्ग और नर्क इत्यादि। आज के युग में सामान्य ज्ञान प्रदान करनेवाले लोग और शिक्षक कई मिल जाएँगे मगर इस ज्ञान को पाकर जीवन में कोई बड़ा परिवर्तन नहीं होता। यह ज्ञान या तो केवल बुद्धि विलास है या फिर अध्यात्म के नाम पर बुद्धि का व्यायाम है।

सभी समस्याओं का समाधान है- तेजज्ञान। भय से मुक्ति, चिंतारहित व क्रोध से आज़ाद जीवन है- तेजज्ञान। शारीरिक, मानसिक, सामाजिक, आर्थिक और आध्यात्मिक उन्नति के लिए है- तेजज्ञान। तेजज्ञान आपके अंदर है, आएँ और इसे पाएँ।

यदि आप ऐसा ज्ञान चाहते हैं, जो सामान्य ज्ञान के परे हो, जो हर समस्या

का समाधान हो, जो सभी मान्यताओं से आपको मुक्त करे, जो आपको ईश्वर का साक्षात्कार कराए, जो आपको सत्य पर स्थापित करे तो समय आ गया है तेजज्ञान को जानने का। समय आ गया है शब्दोंवाले सामान्य ज्ञान से उठकर तेजज्ञान का अनुभव करने का।

अब तक अध्यात्म के अनेक मार्ग बताए गए हैं। जैसे जप, तप, मंत्र, तंत्र, कर्म, भाग्य, ध्यान, ज्ञान, योग और भक्ति आदि। इन मार्गों के अंत में जो समझ, जो बोध प्राप्त होता है, वह एक ही है। सत्य के हर खोजी को अंत में एक ही समझ मिलती है और इस समझ को सुनकर भी प्राप्त किया जा सकता है। उसी समझ को सुनना यानी तेजज्ञान प्राप्त करना है। तेजज्ञान के श्रवण से सत्य का साक्षात्कार होता है, ईश्वर का अनुभव होता है। यही तेजज्ञान सरश्री महाआसमानी शिविर में प्रदान करते हैं।

महाआसमानी परम ज्ञान
शिविर परिचय और लाभ (निवासी)

क्या आपको उच्चतम आनंद पाने की इच्छा है? ऐसा आनंद, जो किसी कारण पर निर्भर नहीं है, जिसमें समय के साथ केवल बढ़ोतरी ही होती है। क्या आप इसी जीवन में प्रेम, विश्वास, शांति, समृद्धि और परमसंतुष्टि पाना चाहते हैं? क्या आप शारीरिक, मानसिक, सामाजिक, आर्थिक और आध्यात्मिक इन सभी स्तरों पर सफलता हासिल करना चाहते हैं? क्या आप 'मैं कौन हूँ' इस सवाल का जवाब अनुभव से जानना चाहते हैं।

यदि आपके अंदर इन सवालों के जवाब जानने की और 'अंतिम सत्य' प्राप्त करने की प्यास जगी है तो तेजज्ञान फाउण्डेशन द्वारा आयोजित 'महाआसमानी शिविर' में आपका स्वागत है। यह शिविर पूर्णतः सरश्री की शिक्षाओं पर आधारित है। सरश्री आज के युग के आध्यात्मिक गुरु और 'तेजज्ञान फाउण्डेशन' के संस्थापक हैं, जो अत्यंत सरलता से आज की लोकभाषा में आध्यात्मिक समझ प्रदान करते हैं।

महाआसमानी शिविर का उद्‌देश्य : इस शिविर का उद्‌देश्य है, 'विश्व का हर इंसान 'मैं कौन हूँ' इस सवाल का जवाब जानकर सर्वोच्च आनंद में स्थापित हो जाए।' उसे ऐसा ज्ञान मिले, जिससे वह हर पल वर्तमान में जीने की कला प्राप्त करे। भूतकाल का बोझ और भविष्य की चिंता इन दोनों से वह मुक्त हो जाए। हर इंसान के जीवन

में स्थायी खुशी, सही समझ और समस्याओं को विलीन करने की कला आ जाए। मनुष्य जीवन का उद्‌देश्य पूर्ण हो।

'मैं कौन हूँ? मैं यहाँ क्यों हूँ? मोक्ष का अर्थ क्या है? क्या इसी जन्म में मोक्ष प्राप्ति संभव है?' यदि ये सवाल आपके अंदर हैं तो महाआसमानी शिविर इसका जवाब है।

महाआसमानी शिविर के मुख्य लाभ : इस शिविर के लाभ तो अनगिनत हैं मगर कुछ मुख्य लाभ इस प्रकार हैं- * जीवन में दमदार लक्ष्य प्राप्त होता है। * 'मैं कौन हूँ' यह अनुभव से जानना (सेल्फ रियलाइजेशन) होता है। * मन के सभी विकार विलीन होते हैं। * भय, चिंता, क्रोध, बोरडम, मोह, तनाव जैसी कई नकारात्मक बातों से मुक्ति मिलती है। * प्रेम, आनंद, मौन, समृद्धि, संतुष्टि, विश्वास जैसे कई दिव्य गुणों से युक्ति होती है। * सीधा, सरल और शक्तिशाली जीवन प्राप्त होता है। * हर समस्या का समाधान प्राप्त करने की कला मिलती है। * 'हर पल वर्तमान में जीना' यह आपका स्वभाव बन जाता है। * आपके अंदर छिपी सभी संभावनाएँ खुल जाती हैं। * इसी जीवन में मोक्ष (मुक्ति) प्राप्त होता है।

महाआसमानी शिविर में भाग कैसे लें? इस शिविर में भाग लेने के लिए आपको कुछ खास माँगें पूरी करनी होती हैं। जैसे - १) आपकी उम्र कम से कम अठारह साल या उससे ऊपर होनी चाहिए। २) आपको सत्य स्थापना शिविर (फाउण्डेशन ट्रुथ रिट्रीट) में भाग लेना होगा, जहाँ आप सीखेंगे- वर्तमान के हर पल को कैसे जीया जाए और निर्विचार दशा में कैसे प्रवेश पाएँ। ३) आपको कुछ प्राथमिक प्रवचनों में उपस्थित होना है, जहाँ आप बुनियादी समझ आत्मसात कर, महाआसमानी शिविर के लिए तैयार होते हैं।

यह शिविर साल में पाँच या छह बार आयोजित होता है, जिसका लाभ हज़ारों खोजी उठाते हैं। इस शिविर की तैयारी आगे दिए गए स्थानों पर कराई जाती है। पुणे, मुंबई, दिल्ली, सांगली, सातारा, जलगाँव, अहमदाबाद, कोल्हापुर, नासिक, अहमदनगर, औरंगाबाद, सूरत, बरोडा, नागपुर, भोपाल, रायपुर, चेन्नई, वर्धा, अमरावती, चंद्रपुर, यवतमाल, रत्नागिरी, लातूर, बीड, नांदेड, परभणी, पनवेल, ठाणे, सोलापुर, पंढरपुर, अकोला, बुलढाणा, धुले, भुसावल, बैंगलोर, बेलगाम, धारवाड, भुवनेश्वर, कोलकत्ता, राँची, लखनऊ, कानपुर, चंदीगढ़, जयपुर, पणजी, म्हापसा, इंदौर, इटारसी, हरदा, विदिशा, बुरहानपुर।

आप महाआसमानी की तैयारी फाउण्डेशन में उपलब्ध सरश्री द्वारा रचित पुस्तकों, सी.डी. और कैसेटस् सुनकर कर सकते हैं। इसके अलावा आप टी.वी., रेडियो और यू ट्यूब पर सरश्री के प्रवचनों का लाभ भी ले सकते हैं मगर याद रहे, ये पुस्तकें, कैसेट, टी.वी., रेडियो और यू ट्यूब के प्रवचन शिविर का परिचय मात्र है, तेजज्ञान नहीं। आप महाआसमानी शिविर में भाग लेकर ही तेजज्ञान का आनंद ले सकते हैं। आगामी महाआसमानी शिविर में अपना स्थान आरक्षित करने के लिए संपर्क करें : 09921008060/75, 9011013208

महाआसमानी शिविर स्थान : यह शिविर पुणे में स्थित मनन आश्रम पर आयोजित किया जाता है। इस शिविर के लिए भोजन और रहने की व्यवस्था की जाती है। यदि आपको कोई शारीरिक बीमारी है और आप नियमित रूप से दवाई ले रहे हैं तो कृपया अपनी दवाइयाँ साथ में लेकर आएँ । वातावरण अनुसार गरम कपड़े, स्वेटर, ब्लैंकेट आदि भी लाएँ।

'मनन आश्रम' पुणे शहर के बाहरी क्षेत्र में पहाड़ों और निसर्ग के असीम सौंदर्य के बीच बसा हुआ है। इस आश्रम में पुरुषों और महिलाओं के लिए अलग-अलग, कुल मिलाकर 700 से 800 लोगों के रहने की व्यवस्था है। यह आश्रम पुणे शहर से 17 किलो मीटर की दूरी पर है। हवाई अड्डा, हाइवे और रेलवे से पुणे आसानी से आ-जा सकते हैं।

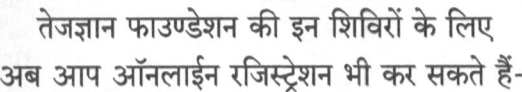

अब एक क्लिक पर ही शिविर का रजिस्ट्रेशन !

तेजज्ञान फाउण्डेशन की इन शिविरों के लिए
अब आप ऑनलाईन रजिस्ट्रेशन भी कर सकते हैं-

* महाआसमानी परम ज्ञान शिविर परिचय और लाभ (पाँच दिवसीय निवासी शिविर)
* मैजिक ऑफ अवेकनिंग (केवल अंग्रेजी भाषा जाननेवालों के लिए तीन दिवसीय निवासी शिविर)
* मिनी महाआसमानी (निवासी) शिविर, युवाओं के लिए

रजिस्ट्रेशन के लिए आज ही लॉग इन करें

www.tejgyan.org

मनन आश्रम : मनन आश्रम, पुणे, सर्वे नं. ४३, सनस नगर, नांदोशी गाँव, किरकट वाडी फाटा, तहसील - हवेली, जिला : पुणे - ४११०२४.

फोन : 09921008060

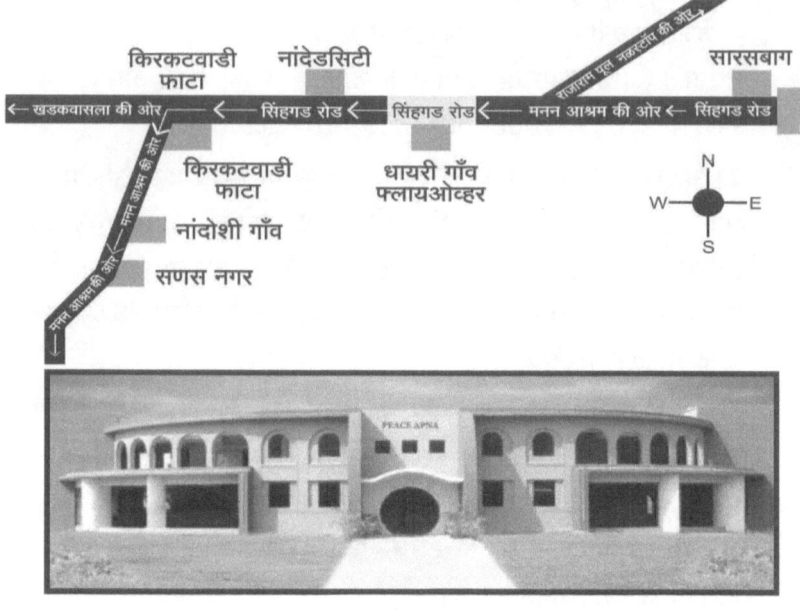

e-books

•The Source •Complete Meditation
•Ultimate Purpose of Success •Enlightenment
•Inner Magic •Celebrating Relationships
•Essence of Devotion •Master of Siddhartha
•Self Encounter, and many more.
Also available in Hindi at www. gethappythoughts.org

Free apps

U R Meditation & Tejgyan Internet Radio on all platforms like Android, iPhone, iPad and Amazon

e-magazines

'Yogya Aarogya' & 'Drushtilakshya'
emagazines available on www.magzter.com

क्षमा का जादू

क्षमा माँगने की क्षमता को जानकर,
हर दुःख से मुक्ति पाएँ

Also available in Marathi & English

Total Pages - 192
Price - 100/-

क्या आप स्वयं से प्रेम करते हैं? क्या आप हमेशा खुश रहना चाहते हैं? क्या आप अपने पारिवारिक, सामजिक, व्यावसायिक रिश्तों को मधुर और मजबूत बनाना चाहते हैं? क्या आप जीवन में सफलता की सीढ़ियाँ चढ़ना चाहते हैं?

यदि आपके लिए इन सभी प्रश्नों का उत्तर 'हाँ' में है तो आपको बस एक ही शब्द कहना सीखना है, 'सॉरी' यानी 'मुझे माफ करें'। सॉरी, क्षमा, माफी... भाषा चाहे कोई भी हो, पूरे दिल से माँगी गई माफी आपके जीवन में चमत्कार कर सकती है।

प्रस्तुत पुस्तक आपको क्षमा माँगने की सही कला सिखाने जा रही है। इसमें आप सीखेंगे-

- क्षमा कब-कब, किससे और कैसे माँगे?
- दूसरों को क्यों और कैसे माफ करें?
- अपने सभी कर्मबंधनों को क्षमा के द्वारा कैसे मिटाएँ?
- क्षमा के द्वारा सुख-दुःख के पार पहुँचकर सदा आनंदित कैसे रहें?

तो चलिए, इस पुस्तक के साथ कुदरती नियमों को समझकर क्षमा के जादू को अपनाएँ और अपना तथा दूसरों का जीवन आनंदित कर, मुक्ति की ओर ऊँची उड़ान भरें।

स्वीकार का जादू
तुरंत खुशी कैसे पाएँ

Also available in Marathi & English

Total Pages - 135
Price - 95/- (with VCD)

स्वीकार करना वह मंत्र है, जो तुरंत खुशी पाने के लिए सहायक होता है। जीवन के प्रत्येक पहलू पर स्वीकार का जादू असर करता है। सरश्री के संदेशों को समाहित करती यह पुस्तक स्वीकार के मर्म को प्रस्तुत करती है। ये संदेश हमारे तनावभरे जीवन में रोशनी के वे किरण हैं, जो ज्ञान के सूरज तक पहुँचाने में हमारी सहायता करते हैं।

पुस्तक के प्रथम खण्ड में स्वीकार से खुशी तक का मार्ग प्राप्त करने का विशेष उपाय बताया गया है। इसके साथ ही अस्वीकार को भी कैसे स्वीकार किया जा सकता है? इस पर गहन प्रकाश डाला गया है। इसके द्वारा हम अनेक समस्याओं को स्वीकार कर अपने विकास की दिशा में आगे बढ़ सकते हैं। इसके अलावा भय, बाधाओं और कुविचारों के बंधन से मुक्त होने का उपाय भी जान सकते हैं।

पुस्तक का दूसरा खण्ड सात प्रकार की खुशियों पर विस्तार पूर्वक प्रकाश डालता है। इसके माध्यम से खुशी के असली कारण का राज़ भी जाना जा सकता है। पुस्तक का अध्ययन हर वर्ग के लिए लाभप्रद है, चाहे वे गृहस्थ हों या फिर विद्यार्थी, नौकरीपेशा, व्यापारी, वृद्ध अथवा युवा। पुस्तक में आम दिनचर्या में शामिल हरेक पहलुओं और घटनाओं को शामिल किया गया है।

पुस्तक के अंत में ज्ञान और तेजज्ञान में अंतर पर विस्तार से जानकारी देकर जीवन की दशा और दिशा को सुधारने का उपाय बताया गया है।

– तेजज्ञान इंटरनेट रेडियो –

२४ घंटे और ३६५ दिन सरश्री के प्रवचन और भजनों का लाभ लें,
तेजज्ञान इंटरनेट रेडियो द्वारा। देखें लिंक
http://www.tejgyan.org/internetradio.aspx

हर रविवार सुबह १०:०५ से १०:१५ रेडियो विविध भारती,
एफ. एम. पुणे पर 'तेजविकास मंत्र'

नोट : *उपरोक्त कार्यक्रमों के समय बदल सकते हैं इसलिए समय की पुष्टि करें।*

www.youtube.com/tejgyan
पर भी सरश्री के प्रवचनों का लाभ ले सकते हैं।

For online shoping visit us - www.tejgyan.org,
www.gethappythoughts.org

पुस्तकें प्राप्त करने के लिए नीचे दिए गए पते पर मनीऑर्डर द्वारा पुस्तक का मूल्य भेज सकते हैं। पुस्तकें रजिस्टर्ड, कुरियर अथवा वी.पी.पी. द्वारा भी भेजी जाती हैं। पुस्तकों के लिए नीचे दिए गए पते पर संपर्क करें।

* WOW Publishings Pvt. Ltd. रजिस्टर्ड ऑफिस–E-4, वैभव नगर, तपोवन मंदिर के नज़दीक, पिंपरी, पुणे–411017

* पोस्ट बॉक्स नं. ३६, पिंपरी कॉलोनी पोस्ट ऑफिस, पिंपरी, पुणे – 411017 फोन नं.: 09011013210 / 9623457873

आप ऑन–लाइन शॉपिंग द्वारा भी पुस्तकों का ऑर्डर दे सकते हैं।
लॉग इन करें – www.gethappythoughts.org
300 रुपयों से अधिक पुस्तकें मँगवाने पर १०% की छूट और फ्री शिपिंग

तेजज्ञान फाउण्डेशन – मुख्य शाखाएँ

- **पुणे :** (रजिस्टर्ड ऑफिस)
विक्रांत कॉम्प्लेक्स, तपोवन मंदिर के नज़दीक,
पिंपरी, पुणे- 411 017.
फोन : (020) 27412576, 27411240

- **मनन आश्रम :**
सर्वे नं. ४३, सनस नगर, नांदोशी गाँव,
किरकटवाडी फाटा, तहसील- हवेली,
जिला- पुणे : 411 024. फोन : 09921008060

---

e-mail
mail@tejgyan.com

website
www.tejgyan.org, www.gethappythoughts.org

– विश्व शांति प्रार्थना –

पृथ्वी पर सफेद रोशनी (दिव्य शक्ति) आ रही है।
पृथ्वी से सुनहरी रोशनी (चेतना) उभर रही है।
विश्व से सारी नकारात्मकता दूर हो रही है।
सभी प्रेम, आनंद और शांति के लिए खुल रहे हैं, खिल रहे हैं।'

यह 'सामूहिक अव्यक्तिगत प्रार्थना' तेजज्ञान फाउण्डेशन के सदस्य पिछले कई सालों से निरंतरता से कर रहे हैं। खुश लोग यह प्रार्थना कर सकते हैं और बीमार, दु:खी लोग उस वक्त एक जगह बैठकर इस प्रार्थना को ग्रहण कर स्वास्थ्य लाभ पा सकते हैं।

यदि इस वक्त आप परेशान या बीमार हैं तो रोज 9:09 सुबह या रात को केवल ग्रहणशील होकर इस भाव से बैठें कि 'स्वास्थ्य और शांति की सफेद रोशनी जो इस वक्त कई प्रार्थना में बैठे लोगों द्वारा नीचे पृथ्वी पर उतर रही है, वह मुझमें भी अपना कार्य कर रही है। मैं स्वस्थ और शांत हो रहा हूँ।' कुछ देर इस भाव में रहकर आप सबको धन्यवाद देकर उठें।

www.ingramcontent.com/pod-product-compliance
Lightning Source LLC
LaVergne TN
LVHW041550070526
838199LV00046B/1891
* 9 7 8 9 3 8 7 6 9 6 1 3 6 *